다 먹을 때쯤 영원의 머리가 든 매운탕이 나온다
김현 시집

문학동네시인선 162 김현

다 먹을 때쯤 영원의 머리가 든 매운탕이 나온다

시인의 말

0
연기를 시작합니다.

1
다음과 같은 곡이 무대에 차례로 흐릅니다.

주현미 〈비 내리는 영동교〉, 혜은이 〈제3한강교〉, 원더걸스 〈So Hot〉, 민해경 〈내 인생은 나의 것〉, 최양숙 〈가을 편지〉, 조용필 〈비련〉, 패티김 〈누가 이 사람을 모르시나요〉, PRODUCE 101 〈나야 나(Pick Me)〉, 천지인 〈청계천 8가〉, 꽃다지 〈전화카드 한 장〉, 조덕배 〈꿈에〉, 이정석 〈첫눈이 온다구요〉, 이상은 〈언젠가는〉, 이소라 〈봄〉, 양수경 〈사랑은 창밖에 빗물 같아요〉, 시인과 촌장 〈좋은 나라〉, 조하문 〈같은 하늘 아래〉, 이치현과 벗님들 〈사랑의 슬픔〉, 송재호 〈늦지 않았음을〉, 김민기 〈봉우리〉

너무 매캐하지 않게.

2
영원은 무슨 맛일까요?
먼저 맛보신 분 해시태그(#) 영원의 맛, 후기 부탁해요.

4
시를 쓰지 않을 때 더 행복해(라고 말하면 그럼 쓰지 마, 라고 말하는 이가 꼭 있는데, 너나 나나 인생을 쉽게 보진 말자). 계속 쏠래?

8
아침에 일어나 공복에 유산균 캡슐 한 알 먹는 것이 시를
보호하는 데 도움되고요.

6
독자도 시를 물로 보는 편이 건강에 이롭습니다.

♡
이렇게 계속 달려가는 말이 저기,
장을 비우겠습니다.

2021년 10월
김현

차례

1막 눈물은 여럿이 찢어먹어야 제맛

막간극 자기야 자기 요즘 정말

2막 개의 개 같은 삶과 오리의 오리 같은 삶

3막 신방에 들어가 표주박 술을 주고받고

1막

눈물은 여럿이 찢어먹어야 제맛

리얼한 연기를 위해 불을 피웠다

선생님
어제는 흰 나비떼를 쫓아갔다가
그것이 참인 세상을 보았습니다
아름다움은 꽃잎의 묵시록이었어요
잠에서 깨면 여전히
종아리와 허벅지가 뻐근하고 척추 건강을 염려하여 양배
추즙을 마시고 유산균을 챙겨먹고 출근해 자본주의의 리얼
이 되었습니다
오볶 하나 제육 하나 된장 둘을 앞에 두고 모두가 오장육
부가
편안해야 살아도 사는 거라고 결의하며
내일 남성 회식 기쁨조는 최대리와 홍과장이 맡기로 하
였습니다
넣고 빠지고 흔드는 거지요
제 기쁨은 복정이나 모란에서
수갑을 차고 주인님 앞에 착실히 엎드려
주인님의 신비로운 체액을 기다리며
리얼 매질을 당하는 거예요
선생님
마음이 우스워질수록
몸이 무너져내립니다
사십 년을 몸에 힘 넣고 살았으니
사십 년은 몸에 힘 빼며 살아가도

의미가 있겠죠
그 힘을 어디다 다 썼을까요
자꾸 남들 앞에서 웃음의 똥꼬가 불거져서
치핵을 제거할까 말까 고민하는 일이
선생님 이것이 참인 줄 언제 아셨나요
건강해야 공부도 하고 연애도 하고 글도 쓴다는 말을
제 나이 마흔에 하게 될 줄 알았다면
노약자석에 앉기를 서슴지 않았을 겁니다
울면 되죠 같이 늙어가는 처지에
우리 선생님
이제는 입만 열면 세상의 참가치를 설파할 줄 아는 리얼
선생님
어제는 실로 거대한 무덤 앞에서 나무묘법연화경
말해보았습니다
그 뿌리며 줄기가 어쩌나 검고
잎은 시퍼렇던지요
손아귀에 쥐고 있던 한 줌 세상사가 참
이토록 나약하여 저는
연기를 피웠습니다
제가 그토록 활활 타오르고 있는데
아무도 저에게 물을 꺼얹지 않고
멀어져갔습니다
주인님이 보여서 네발로 힘껏 뛰어갔죠

때려주세요
개같은 세상이 참세상
선생님
언젠가 헛것이 보여 처음으로 뒤따라갔던 날
저는 슬픔의 리얼 안에서
태어나 있었습니다
극락이 있다면 이 넓은 꽃잎들은 뭘까요
저는 정신을 차리고
기쁨조를 그만두고 도망쳤습니다
더 참을 수가 없어서 핵을 제거하고
세상을 보지 않았습니다
몸에 힘을 빼고 정수리를 마사지해줍니다
선생님이 말씀하셨지요
저는 언제든
비유하고자 하면 비유할 수 있습니다
제 연기는 참 거무죽죽하던데
선생님은 보리수 아래서 어떠하셨을까요

태초에 이 들판에 한 마리 호랑이가 있어

한번은
어린 나이에 뒤를 돌아보게 되어
눈물이 흘렀다

앞으로도 이렇게 산다면
더는 살고 싶지 않아요

베트남에서 온 보모에게 말하려 했으나
보모도 눈물을 참을 수 없어
나를 눈물옷장 속에 넣었다

밤이었다
이 편한 세상
눈물이 쏙 들어갔다
발뻗고 누웠다
네발로 다니던 때도 있었다
흰 곳에 푸른 무리를 가진
한 마리 호랑이
사람을 뜯어먹고 살았다

내가 응옥 찐이라면
울음을 뚝 그치고
멀리 달아났을 텐데

응옥 찐은
어린 나이에
백인 주인의 와이셔츠를 다림질하면서
상상의 나래를 펼쳤다
옷장 속이 열리면 다시 옷장 속이 나오고
옷장 밖으로 나가면
이도 저도 아닌 곳이 나타나
호랑이에게 물려가도 정신만 바짝 차리면 된다
다시 옷장으로 들어가 옷장 속으로 나와 옷장에서 나오면
어른이 되는 것이다
그러나 응옥 찐은 쓸고 닦다가
눈물이 집어삼키는지도 모르고
자연인이 되어 자연사를 앞두고 있다

응옥 찐의 눈물을 뜯어먹다가
사레들려 눈물의 뼈를
캑캑 토했다
눈물났다
눈물에 이토록 살코기가 많은 줄 진즉 알았지
응옥 찐도 어린 나이에
더는 살고 싶지 않아서
생선 수프가 담긴 접시를 깨뜨렸을 것이다

쫓겨나려고 자유의 몸이 되려고
응옥 쩐의 언니 남동생 이모 사촌동생은 즉사했고
응옥 쩐의 아버지는
한국군에게 총 맞아 죽었고
응옥 쩐의 어머니는 한국군에게 정신을 빼앗겼다
그런데도 응옥 쩐이 민간인으로
학살자들의 땅에 와서 나를 눈물옷장에 넣어두고
돈이면 다인가
이 쌍년아
돈다발을 던져줘야지
근본도 없는 년이라고
조상 볼 낯도 없는 년이라고
홀로 눈 덮인 들판을 거닐었다
녹는 줄도 모르고
눈물이 되는 줄도 모르고
돌도끼가 날아와 눈물의 방광이 터졌다
가죽이 벗겨지고 살코기는 발리고 뼈만 남았다
그제야 나는야 눈물의 정수
응옥 쩐이 다가와 나의 뼈를 바구니에 담았다
무쇠솥에 물을 붓고 뼈를 담가 사흘 밤낮으로 끓인 후에
그 뼛국으로 제를 올렸다
억울하게 죽은 조상들이 그걸 먹고
기쁨에 겨워 눈물을 흘렸다

상상의 나래를 펼치면
어째서 이토록 창피한 걸까
태어나길 잘못 태어났다
나는 응옥 쩐을 부를 줄 알고
쓸 줄은 모른다
응옥 쩐 응옥 쩐
응옥 쩐이 문을 열고
응옥 쩐이 나오자
응옥 쩐에게 매달렸다
자꾸 뒤를 돌아보면
자유의 몸이 크게 노하실 거예요

문을 열고
응옥 쩐을 물고
어둠 속으로 뻗은 계단을 네발로 내려왔다
다 컸구나
살면 살고 죽으면 죽는 거다
눈물이 이토록 크고 맑은 것인지 진즉 알았더라면
먹는 대로 싸지르지 않았겠지
눈물옷장에서 나오자
사위가 고요했다
태초구나 여기가
문이 열려 있었다

불멸이 자기 꼬리를 물기 위해 돌았다 돌았어

강아지 한 마리가 교실로 들어왔다
다 가지려고 했는데 갖지 못하고
수진이도 갖지 못했지만
강아지는 수진이를 따라갔다
수진이가 오늘밤 죽기로 결심했기 때문이다
그 강아지 이름 불멸
태어날 때부터 죽을 때까지 누가 지어주지 않았는데도 불멸
불멸은 지난 시간 수양관 개새끼였다
글을 읽을 줄 알았으나 불멸 세계에서
글 같은 거 아무짝에도 쓸모없는 거
불멸은 구도를 위해 산으로 갔다
바위산 겨울이면 인간이라곤 코빼기도 찾아볼 수 없는
미끄럽고 흰 산
정수리를 땅에 대고 불멸은 난 몰라
식음을 벼락과 같이 전폐했다
그을린 불멸을 발견한 건
기원전 10세기였다
여보, 이것 좀 먹어보세요, 맛이 썩 좋아요
기원전 10세기의 여보도 기원전 10세기로서
불멸을 먹고 살았다 대대손손
대대손손이라는 말은 참으로 흉흉하여
관혼상제가 발달하고 전쟁중에 가문 여럿이 멸하였다
기도를 올리고 헌금함을 돌리고

자 지금 빤스를 내리는 자가 구원받는 자이니라
　　집집이 불멸 한 마리쯤은 키우게 되었다
　　그러나 수진이네는 없었다
　　하루 벌어 하루 먹고사는 집이 드물다 해도
　　그게 수진이네라네
　　강아지 한 마리가 수진이와 한 이불 속에 누워 있었다
　　수진이는 날로 씩씩해질 운명에 처했으나
　　삼학년 언니를 생각할 때면 자주
　　언니에게 해줄 수 없는 것들이 생각나 눈물바람
　　이번 계절만 지나면 언니는 이제 이 작고 좁고 얕은 동네
　　를 떠나 크고 넓고 깊은 곳으로 가겠지
　　수진이는 언니와의 이별이 싫어 싫다고
　　수진이를 남겨두고 가지 마요, 나도 갈래
　　수진이는 삼학년 언니 책상에 국화를 한 송이 올려두고
　　돌아나오며
　　자신이 얼마나 우매한 년인지 자기밖에 모르던 괴이한 년
　　인지
　　앞으로도 살 자신이 없어졌다
　　삼학년 언니는 대대손손 부족한 게 없는 집안 사람으로서
　　마음의 다리 한쪽이 아파 절름발이였다
　　수진이만 그걸 알았지
　　수진이가 삼학년 언니와 공공도서관에서 처음으로 유유
　　할 때

삼학년 언니는 수진이에게 읽어주었다
이 사원은 기원전 10세기에 세워진 것으로
수진이는 삼학년 언니에게 읽어주었다
그때 당시 사람들은 믿었던 것으로 추정된다
수진이는 한 마리 강아지의 털 속에 얼굴을 묻고 울었다
왈왈 컹컹 낑낑
배가 고파 이불에서 나와
생콩을 씹어먹었다
수진이는 불멸을 껴안고 악을 쓰면서
죽는 건 내일로
오늘은 삼학년 언니도 좋아했던
다시 만난 세계(이영현 버전) 들어야지
불멸의 세계에서 아무짝에도 쓸모 있는 것들을 생각하며
흰콩을 먹고 또 먹다가 배가 고파서 이불속에서 잠이 들
었다
불멸이 수진이네를 나와
기원전 10세기 자손들이 사는 곳으로 향하였다
저게 미친 게 틀림없다
사물함 앞에서 뱅뱅 돌던 강아지 한 마리가 봄볕이 드는
창가에 엎드려 잠이 들었다가 사라지는 꼴을 보고
모두 한마디씩 보태었다
수진이는 지금쯤 어디에 있을까

죽음을 데리고 다니는 여인의 입에서 나온 말

너 어디 가
엄마는 여기 있을 건데
죽음은 간다
전봇대에 오줌 누러
그렇게 천지사방을 모르고 까불다 죽지
죽었다 말 못하는 짐승을 아껴
먹지도 않고
물고 빨고 끼고 살던 사람의 자식
엄마도 더는 못 살겠다 아가
데친 쑥을 비지에 무쳐 밥에 얹고 된장 한 숟가락을 넣어
비벼 먹으면 한세상 참 이승 같지 않겠니
아가, 너 그 짓 좀 그만두어라
꼬리를 물고자 해서 물면 뭐가 달라지느냐
시간을 돌릴 수만 있어도
에이 지지 냄새
그때 엄마가 네 저고리를 치우다가 눈물이 터진 건 비밀
로 하자
부곡하와이에 가서 아빠와 너를 만들 때 심상보다는 형상
에 더 신경을 썼어야 했는데
말해주지 못했다
그 불구덩이에서 온 게 너다
속에 얼마나 열불이 많았으면
던지길 던지니 그 물에 몸을

가진 것들이 더한다고 했을 때

그것들을 내가 먼저 찢어죽였어야 했는데 아가, 죽음이 허공을 올려다보고

괄괄

짖었다

아가, 너 여기 있구나, 왔구나

여인이 허공을 올려다보며 짖었다

개를 데리고 지나가던 여인의 입에서 망측한 말이 나왔다

우리 아기 저 저 정신 나간 여편네 봐라

죽었는지도 모르고 저렇게 환한 옷을 겹겹이 껴입고

더위야 추위야 사리 분별도 못하고 가엾어라

아가, 이리 온

죽음은 가지 않고 개는 사라져간다

엄마는

아니지 너는 살아 있다

엄마가 스님한테 전화하면 옛날부터 스님이

신단에 내 곡기를 먼저 올리라고 하는 걸로 봐서는

엄마가 먼저 간다

갔다 여인은 개 오줌 자국이 아직 선명히 남아 있는 전봇대를 끼고 오른쪽 골목에서 직진하다가 좌회전한 후에 다시 쭉 들어오다보면 보이는 파란 대문 집에서 꺾어서

여보세요, 스님

저승엘 좀 다녀와야겠습니다

토종닭 먹으러 가서 토종닭은 먹지 않고

오라버니
맷돌 앞에서 갑자기 그러시는 게 어딨어요
시대의 고민에 답하는 인생을 살아
외로웠어요
제 꿈이 바위였잖아요
바위처럼 살자 해놓고
삭발과 점거를 일삼아놓고
산을 타넘을 땐 빨치산이라는 단어를 입에 올려놓고
술에 취하면 때렸죠 여자를
오라버니도 만만히 여겼죠 그때는
그때부터 저는 마음의 아궁이에 군불 지필 새도 없이
밤낮 정신이라는 밭을 맸어요
녹두가 뚝뚝 져서 발가락이 자꾸 외로 휘었습니다
종자가 굵고 털이 많아 해방세상이 가까웠습니다
오라버니가 취중 난동으로 감옥에 가놓고
옛일을 그윽하게 회고할 때
경이랑 영이랑 숙이랑 저랑 영롱했어요 웃었어요
그것도 승리라면 승리지요
이제 경도 영도 숙도 잘 만나지 못하고
저는 오라버니를 때때로 역겹게 생각해요
오라버니 교수 됐단 소릴 듣고
제가 얼마나 맛있게 부추에 오릴 싸먹었게요
오라버니를 학사주점 맷돌

앞에 버려두고
돌고 돌아 오라버니 등에 주먹을 올리고 앉았지요
열려라 참깨
그때 열렸잖아요 제 정신이
의식개조 사상교육
오라버니는 한 세월 남자답게 사셨는데
　그 토사물에 얼굴 못 묻을 이유가 뭔가요 제가 오라버니
를 앞으로 밀었죠
　허우적거리며 멀리 떠내려가는 오라버니에게 손 흔들고
귀가
시대를 고민하였어요 아침에
까치 한 마리가 오라버니 이마에 붙은
콩가루를 콕콕 찍어먹던가요
잠 깼죠
시대의 고민이 이어지던가요
오라버니 이게 얼마 만이에요
한 이십 년 만인가
지금도 민족의 울분으로 젖을 찾고
진보당원으로서 평화통일에 앞장서고
여길 어디라고 들어와 씨발년아
오라버니 오늘같이 좋은 날에
술 한잔하고 그만
사라지세요 속세에서 살 만하면

대지, 어머니, 뽀오얀 생명의 줄기 타령이나 하시다가
저한테 한 짓을
쓰세요 오라버니
오라버니는 지금, 살아 있잖아요
저는 정신을 놓고 바위산에서
뛰어, 올랐죠
죽겠더라고요 죽어줬죠
저는 토종닭보단 양계
살이 쫄깃쫄깃하다는데 제 입에는 영 질겨요
똥집은 오라버니 거 닭발은 자주문학회에 바칩니다
오라버니도 열심히 살다
극락왕생하세요
이승에서
술 한잔 맛있게 마시고
저도 금세 가려 해요

오월의 장미

금희야, 오월이다
교정에 핀 장미를 보며 출근하다가
우리가 한터소리에서
하나되어 원했던 통일 민족이
먹고사는 일과 거리가 있고
이제 누구나
조국 통일을 입 밖으로 꺼내고
수령 동지를 동네 형으로 여기는
이 풍진 세상을
너는 어디에서 맞이하고 있을까
오월의 신록이
죽여준다, 어머니께 하직 인사를 올리며 눈물을 흘리는
이가 아직 이 세상에 있을까
어제는
당기순이익의 질이 좋지 않고
재고액이 증가하여
임금 협상 타결을 위해
전향적으로
돌아가며 태업을 감기로 했다
대외협력팀 김대리가 최초로 휘감고
그다음은 기획팀 한연희 사원이 감았다
나는 석 삼
여성 동지들이 너구리 오징어 육개장

태업을 감고 감아도
물가상승률 1.5프로 대비 0.3프로 이상을 올릴 확률이
금희야 우리 시 속에
그때나 지금이나 거리가 있다
한밤중에 꿈이 있어
눈이 나쁜 소년이 별을 올려다보며 말한다
멀리 있는 것을 보면 눈이 좋아져
그런 소년을 좋아해서
소년은 소년에게 별을 따다 준다
한때 소년이었던 사람들이
가까이에서
북유럽 사례를 들어 임금을 동결하고
그 옛날 민주화운동권으로서 노조와 물밑대화를 시도하고
직원들 사기 진작을 위해 경영컨설팅을 의뢰한다
반짝반짝
발길을 멈추고
장미 아래에서 장미를 올려다보며
젊은것들은 꺾을 생각도 않겠지
가시에 찔려 죽은 시인 이름도 모르고
선즙필승이다
학교 나오면 꼬리표 달리고 그런 거 아무것도 없어
어차피 졸업하면 안 볼 년들임
나는 페미니스트다

겉모습이 중3인 초등학교 오학년 여자애가 욕을 하는데
예뻐서 말을 잘 못하겠다
　그런 애들은 앞에서 혼내면 싫어한다
　따로 보듬어주는 척하면서
　예쁜 애는 따로 챙겨먹는다
　2019년 교대에 재학중인 남학생들은 졸업한 남학생들과
대화를 나누었다
　박제각
　금희야 시는 구호가 아니고 구호는 시가 될 수 없다고 말
했던
　강선배 기억나니?
　좋은 나라, 라는 시를 썼잖아
　가을이 짙어가면 모과는 우리에게 다가온다
　서리가 내리고
　잎이 가지에서 떨어져나갈 즈음 향이 좋은
　아름답지 않은 사람이 꾸는 꿈이
　아름답다
　뒷짐지고 소주 뚜껑에 이마를 박게 했던 그 선배
　갔다
　저세상으로
　예능인이 되어서
　냈다 하면 팔리더니
　썼다 하면 우리 시대의 서정시라더니

서정이 물씬
갔다
혈관이 터지고 그 선배
두고 간 게 많아서
얼마나 대성통곡을 할까
금희야
너는 좀 두고 가
장미 한 송이를 꺾었다
피도 눈물도 없이
오월이다
지금 달려가면 지각을 면하고
걷고자 하면 근태평가서에 오점을 남기겠지
졸업하면 다 잊힌다
동기절연
요즘 새끼들은 빠르다
살아남기 바빠서
인생의 진리를 세차게 깨우친다
그래도 그런 새끼들을 까뒤집을 줄 아는 당신
우리
자취방에 둘러앉아 취중진담을 듣다가
아니다 회고하는 인간일수록 시대에 뒤처진다
김실장이 말했지
사십대가 아재도 꼰대도 되지 않는 법

닥쳐
금희야 달려간다
인간 뭘까
인류의 시원에 관하여
응암순환행 전철에선 생각할 수 있겠지
너는 어디에서
이 푸르른 날들을 존버하고 있는 걸까
금희야
요즘엔 요즘 말을 할 줄 알아야 요즘 사람이 된다
너는 요즘 사람일 리 없지만
안녕, 오월의 금희야

근면한 인생의 고소미

주인님 오늘은 출근하며 저도 모르게
말해버렸습니다
아름다운 세상이다
우수에 젖어서 바늘로 손목을 흠뻑 찔렀습니다
과연 제게 한이 있을까요
주인님은 한 있는 사람을 매질하고 싶다고 하셨죠
울음이 없는 사람을요
매미 울고 작은 개 한 마리가 화단을 뛰어다녔습니다
저는 죽고자 하였습니다
주인님은 싫어하시겠죠
살아 있는 것이 한을 쌓는 것이니까요
핏방울을 꿰뚫어보면 보입니다
저의 밑바닥
숙변이요
냄새는 지독해도 먹음직스러워서
주인님이 제 숙변을
저의 가장 나중 지닌 것으로 여겨주면
간질이면 해죽해죽 웃었습니다
인간의 우주란 이토록 광활하지요
저는 일하고 온 주인님이
발가락을 핥으라고 하면
좋아요 어쩔 줄 몰라요
허공을 향해 불알을 까고 두 손 두 발을 들었습니다

흔들리는 것은 영롱하죠
맛있는 겁니다 인간사는
주인님은 저한테 그렇게 예쁘게 굴어놓고
가정에서는 점잖을 빼고 앉아
시대와 역사를 고려하며
혀를 차고 욕을 하고 손 하나 까딱하지 않고 홍동백서 조
율이시를 따지겠죠
하찮은 인간이라는 것 그게
제가 주인님을 따르는 유일한 이유랍니다
아름다운 세상에서 저만 흉한 것은 아니라는 사실
점심에는
매콤달콤한 주꾸미를 깻잎에 올려먹으며
공이사와 허부장이 들려주는 지난한
노조 역사를 청취하였습니다
노조 부심 오지고요
그런데도 공이사는 전립선비대증에 시달리고
허부장은 우울하여 개를 내다버렸습니다
그런 이들이 지난날 강성 노조의 일원으로
투석하였다는 허풍선만으로도
알이 터졌습니다
식감이 재밌죠
알 중의 알은 임의 알
임의 알을 입에 넣고 굴려보았습니다

어디까지 가나
가나 하니까 아주 가더라고요
태초로
임의 알에서 태어난
비굴과 치욕을 저는 어린 나이에 좋아했지요
대머리가 되려고요 그러니
주인님이 밤이면 밤마다 제게
가발을 씌울 때면
사타구니가 뻐근하고 눈물이 솟습니까 안 솟습니까
명색이 저도 과장인데요
저도 주인님 갈라진 턱이 싫어요
핥고 싶어요
죽여주세요
다 먹었으면 일어나지
저는 쌈무 위에 마지막 주꾸미와 날치알을 얹어먹으며 기
원했어요
오늘은 임도 먼 곳에서
헐벗은 마음이길
거룩하게 다리를 들고
오줌을 찔끔찔끔 싸다가
눈물 육수가 터져 마음으로 흘러
건널 수 없는 강을 이루길
주인님 주인님에게도

버젓이 임이 있겠죠
어딘가로 흘러가버린
둘이서만 하다가 셋이서도 하고 넷이서도 하고
인류애를 배우는 것이라고 하셨죠 그래도
오늘은 단둘이 해요
공이 허리를 숙이자 허가 고개를 숙였습니다
개새끼를 생각하노라
오늘은 세상이 참 아름답고 죽을래요 잠시라도
주인님 밧줄에 목을 끼고 낑낑거릴래요
매질을 독점할래요
주중에는 고소하게 근면하게
살아 있었으니까요

사망 추정

엄마 보고 있지요
오늘, 함박눈이 내렸어요
펑 펑 펑
올겨울에 눈이 많은 걸 보니
내년엔 벼농사가 제법 되겠고요
마당 홀로그램 나무에도 무척 고운 꽃을 삽입해야겠어
요, 엄마
어제 영일이는
산타 복장을 하고
사평이네 유치원에 가서
허 허 허
소원을 들어주었습니다
물질만능주의지요
사평이가 아빠를 알아보고 달려들지 않았더라면, 적당히
망했을 텐데
벙긋벙긋 웃음이 터져서
영일이는 사평이를 모르는 척했습니다
나는 사평이 아빠가 아니다
헛 헛 헛
사평이가 눈물을 흘렸습니다
눈물지뢰가 터져서
유치원은 금세 슬픔으로 초토화되었습니다
사평아, 아빠야, 아빠한테 와

그때 영일이와 사평이의 조우를 바라보며 학부모들은 깨
닫게 되었지요

거짓의 대가는 얼마나 혹독한가

엄마

엄마도 죄인처럼 사셨나요?

사평이를 보면 보여요

우리 거짓의 결과물이

사평이가 어른 되는 세상은 아름다울까요

부모는 자식의 걸림돌이라는 사실을

왜들 모르는 척 잘살까요

오늘은 영일이와 사평이를 데리고

하남에 갔다가

영롱한 오물을 사왔습니다

사망 추정이라는 것이었습니다

온 가족이 외식하고 들어와

서해훼리호 침몰과 삼풍백화점 붕괴와 대구 지하철 화재
를 경험하며

역사적인 깨달음을 얻었습니다

여보 사평이는 중산층으로 키우지 말자

영일이 울음보가 먼저 터지고

여보 미래는 여자야 저기 봐

그다음엔 저의 것

사평이는 용케도 잠이 들었습니다

사평이의 꿈이
이른 나이에 부모를 버리는 것이라면
엄마는 혀를 끌끌 찰까요
인과응보라고 할까요
덕을 쌓자, 여보
영일이는 소주 세 병에 고꾸라졌습니다
저는 이리 멀쩡한데요
속이 타는데요
엄마, 엄마는 어쩌다
살아도 사는 게 아니다 라는 말 대신에
죽어도 죽는 게 아니다 라는 말을 하게 되었을까요
저는 지금 그것을
추정해보고 있습니다
밤은 깊고 잔은 채워야 맛이지요
엄마가 저를
너같이 더러운 년을 딸로 둔 게 죽어서도 한이 될 거라고
제 머리채를 잡고 온 집안을 뒤흔들 때
엄마는 아빠를 사랑했나요
저는 그 새끼를 수백 번 칼로 쑤셔도 속이 시원하지 않
아서
자다가도 벌떡 일어났는데요
문을 잘 잠갔는지 확인했는데요
아빠 가는 길에 와보지 않은 독한 년은

엄마 가는 길도 가보지 않았습니다
인과응보라고 할까요
밤비 내리는 영동교를 홀로 걷는 이 마음
엄마 18번을 제 18번으로 삼은 데는 다 이유가 있어요
엄마도 아팠겠죠
펑 펑펑
쏟아졌지요 미련 미련 미련 때문인가봐
눈은 쏟아지고 영일이는 자면서도 어쩜 저리
콧구멍을 벌렁벌렁거릴까요
영일이에게 모두 말했어요
사평이는 당신처럼 키우자
엄마
제사상에 가득 올린 오물을 잘 잡수시고
그곳에서도 똥 싸고 계셔요
사평이는 이제
화장실을 찾아 변을 볼 줄 알고
말할 줄 압니다
엄마 엄마가 좋으면 나도 좋아
저 아이도 커갈수록
부모 알기를 개똥으로 알겠죠
참 다행이에요
그럼 저도 이만 영일이 곁에 눕겠습니다

똥물 따라 돼지 떠간다

  김정환씨는 지난해 반신이 마비되어 미용실을 접고 종일
걷고 걸어서 다리를 건너갔다 건너왔다 다리 밑에 있는 것
들이 정환씨를 우두커니 올려다볼 때도 정환씨는 내려다보
지 않았다 아직 갈 길이 멀어서 오줌을 싸고 남들 모르게 기
저귀를 갈았다 한번은 다리 위에서 똥을 쌌다 시원하게 고
개를 들어 위를 보면 전지전능한 뜻이 있어서 그 의미를 헤
아려보는데, 비가 오고 눈이 오고 똥물이 넘쳐 다리가 젖었
다 흘러갔다 다리를 왔다갔다하는 일 말고는 할일도 없고
해서 정환씨는 똥물에 몸을 싣고 둥둥 떠내려갔다 똥물은
흘러갑니다 아아 제3한강교 밑을 부침개 냄새 고소한 곳 인
생의 여울목으로 그 흐름 속에서 부부의 연을 맺고 신접살
림을 차리고 애를 얻었다면, 정환씨는 살아보지 못한 삶들
을 살아보기로 했다 북경에서 남자를 만나 대륙의 털보 며
느리가 되고 창신동에서 개와 고양이를 돌보고 어려서부터
대소변을 가리지 못하더니 똥인지 된장인지도 구분 못하는
인생을 살아 막장에는 곱창을 팔고 아버지 가슴에 대못을
박고 2018년 9월 8일 인천시 동구 동인천역 북광장으로 달
려가 사랑하니까 반대한다는 피켓을 들고(지저스, 실오라
기 하나 걸치지 않고) 종교에 빠져 타작마당을 주관하다가
신의 말씀을 듣고 그렇게 바라던 아이를 홀로 얻어 비정규
직 노동자로 키우고 자연에 움막을 짓고 살다가 암을 얻고
쌍둥이는 미용을 배워 녹사평에 쌍둥이미용실을 열어 지지
고 볶다가 한 놈은 결혼하고 한 놈은 이혼하고 평택에 터를

잡고 외국인들을 상대하다가 한 놈은 이혼하여 대추리에서 농사를 짓고 한 놈은 결혼하여 미네소타에 세탁소를 차리고 정환씨는 다리 밑으로 가서 머리를 쏙 내밀었다가 인간사가 펼쳐져서 격앙된 감정을 이기지 못해 울음을 터뜨렸다 응애응애 똥오줌을 가리지 못하고 점차로 중산층의 실용을 깨쳐 자본주의를 선언하고 엉치에 통증이 생기고 어느 날엔 김일성이 죽고 잘 키운 딸 하나 열 아들 안 부럽다 정신의 중앙에 생긴 흰 터럭을 잡아뽑고 옛 노동당사에서 입이 돌아가고 부부 동반 여행에서 돌아오는 길에 고개를 들어 하늘을 보니 거기 뜻이 있되 뜻을 알지 못하니라 정환씨는 남자를 좋아하고 평생을 홀로 살다 집도 절도 없이 부와 모도 없이 자도 없이 깨끗하게 갔다 삼가 고인의 명복을 빕니다 김정환씨는 돼지 멱따는 소리를 내며 일단 계속 떠내려가보기로 했다

삼나무 숲에 석 삼 너구리

구린내야말로 우리네 아름다운 속성
삼우가 먼저 큰 똥을 쌌다
노란 구근을 가지고 있어서 봄에 꽃이 피고
그 향기 사람 얼을 빼놓고
얼이란 식은 죽 먹기라서
얼빠진 사람을 옆에 두고
그 얼을 호로록 먹는 사람이 한 놈 두식이
두식이가 삼우에게 말했다
내 얼과 네 얼이 만났으니 나는 작은 똥을 누겠다
작은 똥에 깃든 것을 두식이는
혼이라고 하였다
얼이 빠진 삼우와 혼이 빠진 두식이가
해안에 땅을 파 작은 움집을 지어놓고
돌도끼로 눈밭 너구리를 사냥하며
두 사람은 신석기를 열었다
삼우가 화덕을 만들고 두식이가 빗살무늬토기를 그 옆
에 묻고
조개를 까먹고 무덤을 쌓았다
죽고 사는 재미
그때부터 이야기가
두 사람의 정신을 올곧게 했다
죽는 도끼에 발등을 찍혀보자
두 사람은 서로의 발등을 도낏자루로 내리치고

벼락같이 알았다
우리는 껍데기구나
용서받지 못함을 알아
멀고 먼 과실을 따먹었다
그때부터 삼우와 두식이는 바위굴 속에서 살았다
빛이 있을 때 신을 의심해 빛을 피하고
밤이 되면 굴에서 나와 쥐와 개구리를 잡아먹었다
바위 구멍에 새끼를 낳아놓고
죽은 시늉하여
자식새끼들이 떠나도록 하였다
그 자식새끼들이야말로 뱀처럼 허물을 벗을 줄 알아
혓바닥이 붉었다
농사 짓고 양 치고
철도를 깔고 교회를 세우고
둘 다 덜렁거려 볼썽사나운 것을 바지 속에 넣었다
형이 먼저 죄를 짓고
아우가 먼저 회개했다
두 너구리가 굴에서 나와 작은 똥을 보았다
인류애가 풍기는 똥이었다
기름진 똥이야말로 우리네 엑기스
엑기스를 짜서 밥을 짓고 손발을 닦고 성스러운 자의 이
마에 뿌려서
슬픔에 빠진 사람을 옆에 두고

그 슬픔을 후루룩 빨아먹은 사람이 육개장 칠뜨기
칠뜨기가 성이 나서 말했다
슬픔의 기둥뿌리를 뽑아서 슬픔의 기둥으로 삼으면 약이
올라 안 올라
인류의 대못이
나무에 걸린 사람의 두 손바닥을 관통했다
뜻하지 않은 변고에도 그는 태연히 변을 보았다
빛나라!
삼우와 두식이와 칠뜨기가 똥 무더기에 주저앉은
맛있는 것을 들고 마을로 내려가
깨끗이 몸을 씻기고
껍데기를 씌우자
그것이 두 눈을 시퍼렇게 뜨고 삼라만상을 읊조리더라
우리는 똥주머니입니다
두 손을 가지런히 모으고
인류는 인류사를 시작했다

걷잡을 수 없는 곳을 향해 가는 너의 애마가

손짓했다
거기서 멈춘다면 순순히 보내주마
사랑이 쥐똥만한 연인들이
입을 쯔억 벌리고 있었다
더러운 새끼들
어디 환한 대낮에 할 짓이 없어서
사내새끼들끼리
뭘 봐
까자
뭐
까자고 이 무뢰한아
좆만한 새끼가
좆을 꺼내놓으면 머리는 살려주지
좆 까
그래서 두 사내새끼가
제24회 한탄강메기축제에서 대결을 벌였다
한 사내와 한 여자는 그것들을 두고
쑥을 뜨으러 갔다
저것들 사람 되긴 글렀어요
말이 무섭지요
말하기 무섭게 마음이 썩지요
어제는 글쎄 저 새끼가 구로에 가자는 거예요
노동하러요

—　요즘 누가 구로에 가서 노동해요

　작업중 암에 걸려 죽는 사람이 요즘 같은 때에도

　성인 VR 체험을 하러 갔어요 그걸 끼고 저를 만지긴 왜
만져요 멍청한 새끼 가상현실은 리얼 저는 그걸 끼고 여자
에게 흠씬 빠져들었어요

　쯧쯧쯧 저는 제주에 살며 말을 키웁니다

　그 말이 저 말인가요

　네 저기 말이 있군요

　말이 징그럽죠 피를 뚝뚝 흘리는 걸 잡아먹지도 못하고

　피맛을 봐야 어디 가서 좀 먹어봤다 자랑을 하죠

　그래서 제가 요 모양 요 꼴

　쑥 천지네요

　쑥 천지군요

　저것들은 아직도 맹렬히 치고받고

　단군 자손 인정

　저것들이 꿈에 보이면

　정수리를 바닥에 붙이고 앞뒤로 마사지합니다

　오늘 아침엔 제가 키우던 게 밖으로 튀어나오는 거예요
마음 밖으로요

　몸밖으로요

　에구머니 망측해라

　제 나이가 이제 마흔 하고도 둘이니까 마음은 거저먹죠

　거저먹기도 쉬운 게 엉덩이는 축 처져서

그걸 누가 보기라도 하면 어쩌나 기저귀를 찼잖아요
몇 짤
세 살
언제 그렇게 컸는지
가만히 오더라고요 묻더라고요 인제 그만 무덤에 갈래?
가지
저도 가요
눈밭을 헤치고 갈래?
가시밭은 싫어
저는 꽃길
어디에 뿌려줄까?
제주 바다
저는 깊고 깊은 산골짜기 임도 보고 뽕도 따는
후회해?
깊이 애원했습니다
후회 없는 사랑도 있나요?
어떠냐 내 사랑의 맛이
존맛이다 새끼야
올려라
넣어라
가자
저기 우리 말이 있다
윤희야, 김윤희

끝까지 갔어? 환한 대낮에 할 짓이 없어서
찬밥 더운밥을 가려먹는 것도 제법 사랑의 운치
가요, 허성씨 민물매운탕의 최고봉은 메기
끝까지 못 갔죠? 몸밖으로 흉한 걸 꺼내놓고
우리 사랑은 열렬히 식어가는 사랑
연인들은
매콤하고 시원한 봉우리를 넘어 문재인 정권으로
분홍빛 궁전에 가서
기저귀를 풀고
끙끙 쿨쿨 잤다
이리 와, 손짓했다
현실 체험을 종료했다

고스트 듀엣

　창문을 열면 바다가 보이지 않는 곳에서 바다를 봅니다
어째서 옥희씨는 거기 한 그루 감귤나무로 서 있는 걸까요
차는 아직 뜨겁고 바다는 잔잔합니다 영원히 헤어져요 우
리 창문을 닫고 옥희씨가 지닌 약점을 지도 위에 찍어보다
가 한 점은 넓고 두 점은 깊고 세 점이 되어서야 비로소 푸
른 약점을 이루는 삼각지대를 발견하였습니다 물애기 아님
사랑의 열매를 까서 입속에 넣어보아도 헤어져요 영원히 바
다가 보이고요 옥희씨는 아직 뜨겁고 저는 봄볕을 뒤집어
쓰고 앉아 있습니다 영등할망 나가시는 날 비바람이 매서워
한 점의 연인이 창문을 열고 신비 속에서 바들바들 떨다가
섬으로 가는 배를 타고 영원히 돌아오지 않는 옥희씨를 그
들은 알지 못한다는 사실 차는 아직 뜨겁고 바다는 움직이
지 않습니다 물결은 햇빛을 쫓고 파도는 햇빛을 피해 달아
나지요 사랑의 굴욕성 차는 아직 뜨겁고 옥희씨는 나무 아
래 환한 얼굴 헤어져요 이것은 옥희씨가 시를 쓰지 않는 이
유에 관한 말투

　고명씨 영원히 두 번 없다는 듯이
　창가에 앉아 있지 마 어두워
　그런 얼굴은 싫어 개새끼야
　고명씨 어제는 오분자기뚝배기를 먹다가 혀를 데었어
　우리에게 다가오는 것이
　이토록 쏘핫

영원할 것 같지
고명씨가 지도를 펼쳤을 때
영험한 약점을 보았어
너는 새끼야
가장 따뜻한 사랑의 열매를 먹기만 하는 사람
껍질이 수북이 쌓이는 줄도 모르고
사랑은 바퀴벌레래
사랑 박멸
고명씨는 몰라
씨를 말려 죽이고 싶은 이 심사
봄볕이 드는 창가에선 그렇게 앉아 있지 마
어두운 얼굴은 싫어
뿌리는 빛을 피해 달아나고 잎은 빛을 따라가
사랑의 굴성을 네가 알까
우리가 고아먹은 것이 우리를 저주하나니
고명아
지네는 늘 쌍으로 다닌대
한 마리는 영원히 헤매겠지
벽에서 벽으로
시간을 뚫고 창가에선
얼굴을 하지 마
벌레 같은 새끼 영원할 것 같니 고명아
사랑의 다리가 징글징글해

이것을 고명씨에게 보냅니다
마저 고아먹고 헤어져요
어두워요, 창가는

자기
왔어
봤어
쏘핫
난 너무 매력 있어
옥희와 고명은 박하와 소현이를 눈앞에 두고 아무것도 쓰
지 않았다 창문을 열면 영험한 연인들이 우글우글 가느다란
사모의 팔다리를 흔들며 봄볕을 쬐고 있다가 한 점 두 점 석
점 바다로 기어갔다 회를 떠서 뛰어들었다 사랑의 열 길 물
속 사람 속은 버린 지 오래 밖으로 나가자 싸우자 영원할 것
같지 헤어져요, 우리
자기
봤어
왔어
쏘핫
제 말이 들리시면 움직여주세요

사랑의 이목구비는 어제오늘 일이 아니지

사슴들은 끼리끼리 평화롭고
선 채로 몽상에 빠지고
굶주린 배로
밤마다 진실의 바윗돌에 뿔을 간다
침묵은 사슴이 가진 가장 능동적인 무기
궁둥이 흰 털을 세울 때
순수의 구린내는 지독하고
사슴들 속에서
고요하리
사랑의 여물이 익어가는 소리는
가늘디가는 다리를 고이 접는 것으로
기도가 되고
거짓된 것이다
연인이 코를 막고
사슴은 실제로 보면 흉물스럽다
연인은 뻔한 사슴을 기대했다가
놀라 자빠졌다가
김밥이나 먹고 과일이나 먹고 손을 넣었다 뺐다가
환한 대낮에 부끄러운 줄도 모르고
신에게 고했다
당신께서 이 사람을 사랑하지 말라고 하시면 저는
불타올라
수풀 우거진 곳 환희의 시냇물에 얼굴을 묻고

황금빛 똥을 싸서 서로에게 문질러주며
영원할 줄 알지 신의 허락하에
사슴들 사이로 걷고
사슴에게 다가가고
먹으면 사랑해주지
사슴에게 주어서는 안 되는 걸 주면서
연인의 웃음은 호사스러워라
사슴이 사랑이라는 면상을 뒷발로 걷어찼다
어디 숨어 있었나 저 붉은 이목구비
핏물이 흰 손을 타고 흘렀다
그대여, 다 버리고 도망가자
무서운 게로다 사랑으로 먹고살기
사슴들이 온순한 언덕배기를 자유로이 넘나들며
시끄러운 연인을 뒤쫓았다
시간이 가로막지 않았더라면
사랑은 끝났네
그들은 서로를 핥아주고
핏물을 뱉고
사랑의 뒤꽁무니를 뿔로 찌르고 뜯었다
흩어졌다

끝없이 혼자서

　금희가 태어나던 해에 뒷산에 큰불이 났다 회색 재가 날
아와 지붕을 덮고 마당을 쓸던 이들이 하나둘 포기하고 아
버지 충희씨도 대청마루에 앉아 떨어지는 것을 하염없이 보
다가 잠들었다 산 넘고 강 건너 꿈에 나타난 사람이 금희 얼
굴을 하고 있어서 충희씨는 목덜미가 서늘해지는 걸 느끼
다가 강 건너 산 넘어 잠에서 깨어 금희가 태어났음을 알았
다 낯이 익다 충희씨는 밥을 짓고 미역국을 데웠다 그때에
도 산불은 번져나갔다 밤이었다 금희가 불이야 소리쳤다 금
희는 불구덩이에서 눈을 떴다 여보 오늘 불조심해야겠어 희
숙아 충희씨는 어린 금희 손을 잡고 둑을 걷다가 미래를 보
더라도 말은 하지 마라 금희 신에 붙은 달팽이를 떼어주었
다 금희의 신은 달팽이를 잃고 기력이 쇠해 해마다 충희씨
에게 나타나 기를 빨아먹었다 여보, 아버님 보약이라도 한
제 지어드려야겠어요, 금희가 말하자 충희씨는 웃어야 할지
울어야 할지 몰라 하염없이 걷다가 혼자라는 사실을 알았
다 잠에서 깨어보니 금희는 아직 금희가 아니고 금희 엄마
가 될 이가 무청을 널다가 충희씨를 보았다 여보, 미래를 보
더라도 말은 하지 마세요 충희씨는 헐 대박이라는 말이 무
슨 말인 줄도 모르고 내뱉었다가 재를 털고 어머니 혼령의
품에 안겨 젖을 빠는 금희를 보았다 불이 났다 집에서는 금
희를 희숙이라 부르고 충희씨는 아직 오지 않은 슬픔 때문
에 둑에 앉아 울었다

혼자서 끝없이

현이야 내 슬픔도 가져가 지난밤 저승으로 가는 길목에서 금희는 속삭이었어요 저승까지 가는 마당에 슬픔도 묻어야지 금희가 짚신을 벗어서 한 손에 들었습니다 얼마나 더 가야 할까 금희가 석희에게 물었습니다 석희는 네 살배기 조카 지난밤 금희의 꿈에 따라들어와서 나갈 생각을 하지 않고요 유창하게 의사를 전달하였습니다 이모, 연우가 그러는데 한민족은 아름답대 연우가 남북 겨레의 가슴에 대고 물어봤대 울창하더래 소나무 숲이 푸르더래 사돈에 팔촌도 다 상록수림 금희는 왈왈 짖었습니다 이모, 슬픔이 많으면 개가 되는 거야 석희가 기쁨의 뼈다귀를 멀리 던졌습니다 금희가 맨발로 뛰어갔지요 현이는 남에 있고 금희는 북에 있고 금희는 현이 배 밑에 한 손을 넣어두고 있었습니다 그로써 둘은 범민족 석희는 아무도 없는 텅 빈 곳에 앉아 금희의 짚신을 시종일관 바라봤습니다 하룻밤만 더 기다려보자 마음먹고 석희는 밤낮으로 삼강행실도를 읽으며 20세기 민족주의를 깨치고 현이는 일어나 잠든 금희와 연우를 보고 부엌으로 가서 아궁이에 땔감을 넣고 무쇠솥에 물을 부은 후에 핏물 뺀 고기를 모셨습니다 동이 트고요 그 옛날 산정 아래 살 때 산업혁명에 뒤처지지 않기 위해 금희와 연우를 데리고 나가 캐주얼레스토랑에서 사진을 찍고 두부와 견과로 멋을 낸 솥밥 먹던 생각 역사와 선조와 이웃을 버렸습니다 금희는 현이의 귀거래사가 가여워 눈물짓다가 붉은 해의 기계음이 또렷이 울려퍼질 때까지 산너머를 지켜보다가 다 끝

— 났구나 뼈다귀를 물고 돌아갔습니다 민족은 아름다워? 석
희는 잘도 묻고요 금희는 잠자리에서 일어나 현이와 연우를
작동하고 인간으로 여겼습니다

—

터치 마이 보디

바다에 갔다
바다는 해변에 붙어 있다
해변에서
나는 오래된 필름카메라로 겨울 파도를 찍고
형은 내게 껍질을 주었다
그 상앗빛 잿더미 속에서
나는 웃고
형은 흘러가서
외투 호주머니에 껍질을 넣고 뒤쫓아갔다
천천히 가 아주 멀어지진 마
형이 본질에서 멀어져서
나는 껍질이 주는 교훈을 생각했다
알맹이는 껍질에 붙어 있다
우리는 바다가 내려다보이는 신식 화장실에서 안전하게
서로를 범하였다
이 문장에서 알맹이인 부분은
우리가 엉덩이를 깨끗이 닦고 나와 청정횟집에 들어가 앉
았다는 것
인생의 쌍두마차에 관하여 이야기 나누었다는 것
우리 앞에 회가 한 접시
밤이 깊어질수록
우리는 상념의 흰 팬티를 내리고
내가 일병이고 형이 상병이었을 때의 흑역사를 확인했다

— 는 것

군인 둘이 휴가지에서

회 떠놓고 앉아 인생의 쌍두마차에 관하여 이야기 나누는

시는 이렇게 시작된다

혼자 있을 수 있겠어?

밤의 해변에선 누구나 혼자

다녀올게 바다에 빠져 죽어볼게

기다릴게 영원히

인간의 탈을 쓰고 너를 보면 인간의 탈을 쓴 내가 보인다

인간을 쓰고 어떻게 그런 말을 하니?

군인들은 밤의 해변에서 그렇게 오랫동안

혼잣말하는 사람을 보다가

본질에 가까워져서 불꽃놀이를 보았다

터치 마이 보디

시시해

그만 됐어, 빠져나와, 알맹이는 거기 없어

흰 연기가 피어올랐다 시간이

이렇게 해서,

형과 내가 회를 다 먹어치울 때쯤 매운탕이 나왔다

대가리를 마주하고

우리 안의 상거지가 염불을 외웠다

나무석가모니불

염불의 알맹이는 잠시 후에 밝혀집니다

우리는 펄펄 끓는
끓어 넘치는 매운탕을 떠먹고
시원 칼칼 인생의 쌍두마차 뒤로하고
밤의 해변에서
형은 콜택시를 부르고
"서울, 얼마!" 소리치고
나는 택시 앞으로 달려들어
"너도 나 좋다고 했잖아!" 소리치고
우리는 흰 팬티를 머리에 뒤집어쓰고
천천히 가 아주 멀어지진 마
이제 알맹이가 나온다 나온다
나와 형은 본질에 가까워져서
합장하고 인생의 쌍두마차에 올라 길 떠나
가슴 펜션으로 갔다
텔레비전을 켜고 홈쇼핑 채널을 틀었다
마지막 찬스!
삼만육천구백원에 알이 꽉 찬 영원 한 두름
나와 형은 인간을 벗고
이불속에서는 누구나 해골바가지
서로를 꼭 껴안은 채
정신의 배설물을 염원하며
기다려 알맹이로 문질러줄게
껍질까지 쪽쪽 빨아먹었다

시원시원한 여자

흙 필요하신 분
묻기 전에
관 짜는 여자
그런 여자가 끌고 다니는 관짝
속에
한 여자
징글징글한 여자
오라질 년 서방 잡아먹을 년
너구리에 밥을 말아놓고
너구리 한 마리 몰고 가세요
총각김치만 베어먹는
신박한 고부 갈등이네
저 미친 새끼 연속극 비 오는 밤
지압봉으로 허벅지를 꾹꾹 눌러
푸는 여자
풀어줄 땐 풀어주고
당신이 진국이야
당신만이 진땡이야
들어놓고 못 들은 척
진 빼는 여자
러브핸들이 부르르
부르르 살 떨리는 여자
쾌녀다 쾌녀야

페디큐어도 모르는 여자
일밖에 모르고
소주는 참이슬 빨갱이
소싯적 운동깨나 해서
사상의 어깨가 떡 벌어진
넌 좀 벌려라 이년아
썹새야 쥐좆 치워라
주사파 앞에서도 주사를 압도하는 여자
꽹과리 치고 슬플 땐 힙합을 추는
자식복 서방복은 없어도
없어도 그만
내 인생은 나의 것
불렀다 하면
민해경 언니 뺨치는 여자
쫌 사는 여자
읍에서 좀 알아주는 여자
배드 걸이라고 적힌
아메리칸 캐주얼 트레이닝복을 입고
골든리트리버를 끌고 산책하고
아이스 아메리카노는 벤티지
시럽을 들이붓고
자수성가한 여자
조국 통일의 폭주 기관차 여성 통선대장

촛불 혁명의 주도자
남자는 성가셔도 내 몸은 사랑해서
삼백육십 도 돌기 찍어누르기 쾌속 질주 기능이 있는
많이 러버
밤이면 밤마다 글월문을 열고
거기 여자의 일생을
생각했네
가부좌를 틀고
생로랑을 들고
자본주의 해시태그를 달고 인스타그램에
올라오는 핵인싸
쟁반짜장을 시키면 짜장보다 쟁반에 관심이 먼저 가는
쨍한 여자
정이 많아
베갯잇 마를 날 없는 심사
오장육부에 기운이 좋아
혈색이 맑고
목청이 큰
짧은 머리에 멘솔
비비드한 여자
오늘 낮에 대로에서 제대로 처맞아 죽은
여자
배운 년이 돈 좀 있다고

이 동네에선 유명했어요
쓸 땐 쓰고 놀 땐 놀고
겨털은 안 깎았잖아 무성했어 그게
대단했지
더울 땐 노브라
대장부였지
난 년이었어
여기서 진돗개를 훔쳐간 개새끼는 평생 개새끼다
글씨 좀 뻣뻣하게 쓰는 여자
부자영양탕 끼고 돌아서 첫번째 골목 은색 대문 집
관 문을 닫으면 고분고분하고
관짝 열면
뜨끈뜨끈해서 얼음을 씹어먹고
외로운 여자가
기도하는
누가 이 사람을 모르시나요
오늘밤 주인공은 나야 나 나야 나
밤이면 밤마다 푸닥거리를 놓는
속사포 같은
여자 여자 여자
흙 필요하시면 가져가세요

이토록 순결할 수가

비 오는 날 보리수 아래에서 너는 차마 입에 담을 수 없는 소리를 하고 벼락 맞았다 날벼락이었으나 불붙지 않았다 빗방울이 너의 정신을 꿰뚫어서 너는 작은 우주들을 점점이 이어보았다 비가 있고 보리수가 있고 한 그루 나무와 벼락이 있고 갈라진 나무와 정신의 해일과 차마 말할 수 없는 죄를 너는 고분고분 비를 맞으며 새빨간 보리수 열매를 따서 손에 쥐었다 붉은 것이 뚝뚝 떨어져서 너는 위를 향해 고개를 들었다 과연 그곳에 신이 있었다 똥을 싸고 있었다 네 이마에 죄악과 관능의 빛이 서렸다 네발로 걷고 개차반이 되어서 고약한 냄새를 폴폴 피웠던 너 상놈의 새끼 물에 흠뻑 젖은 몸으로 새까맣게 탄 불알을 불행 중 다행이라고 여기며 떠올렸다 너는 지혜를 나무 아래에 세워두고 나무를 발로 찼다 물방울이 후드득 떨어져서 지혜를 흠뻑 적셨다 지혜가 열아홉 살 때였다 인류는 지혜가 환하게 웃었다고 기억하였지만 웃은 건 너고 웃지 못한 건 지혜였음이 밝혀졌다 지혜가 너의 정신에 비수를 꽂고 그때나 지금이나 너를 능지처참하는데 너도 참 새끼야 네가 너에게 눈물을 먹이니 그날 너는 지혜에게 사랑받지 못해 대대손손 내려오는 말씀을 지혜에게 물려주었다 걸레 같은 년 돌아오는 길에 네가 몇 번을 찔끔찔끔 지렸는지 빤쓰가 축축해서 너는 빤쓰를 내리고 허심탄회하게 너 자신을 한 그루 나무 아래 세워보았다 내게 죄가 있다면 당신을 원한 것 붉은 열매를 씹어 먹고 각혈하며 먼 산정을 바라보았다 촉촉한 눈망울 진지한

사내의 순정 과연 거기 있었다 지혜의 오른손 손바닥 위로 ─
점점 솟아올랐다 지혜의 왼손 가운뎃손가락 엄마야, 깜짝이
야 눈이 부셔서 너는 눈을 감았다 컴컴하지 그것이 네 인생
어느새 밤이 되고 너는 보리수 아래를 떠나 너 자신을 용서
하고 알몸으로 태어나서 알몸으로 돌아갔다 기억합시다 이
것은 지혜가 쓴 것이다

실존이 똥칠하고서

삼각지에 앉아서
하늘의 새들을 보았어요
왜 이리 슬플까
관념적인 구도 속에서
새들의 최후는 추락일까요
날아오르지 못하는 걸까요
어깨동무한 흑인들이
한국 정부는 난민을 인정하라
티셔츠를 입고 중화요릿집으로 들어가고요
짜장과 짬뽕은 참 역사적이지요
형, 형이랑 집회 대오에서 빠져 단둘이 대한문 앞에 남겨
졌을 때
생각나요
형, 저는 물고기예요
나는 물고기 차별에 반대하지만 이해할 수는 없다
야 이 씹새끼 계급주의자야
형과 탕수육 소짜를 나눠먹으며 대취했지요
졸업과 함께 형은
저와 자지 않았습니다
형은 지금도 회고하겠지요
조국과 민족의 무궁한 영광을 위하여
자식은 둘
사십오 평 아파트와 포르쉐

묶인 돈이 칠억 팔천

형이 동남아 가서 마사지받은 얘기는 들었습니다

슬퍼하지 마세요 하얀 첫눈이 온다구요

입술을 뻐끔거리며 기다렸어요

형이 나타나길요

형이 저라면 형은 형의 배를 땄을까요

가령, 실존적으로 말해

형이 자주 했던 말입니다

형, 형이 싼 똥으로 온몸에 똥칠하며 뒹굴던 시절도 있었죠

저는 형의 냄새가 좋았습니다

그러니까 그렇게 핥았겠죠

어제 형의 부고를 받고

부모에게 전하였습니다

무덤에서는 평강하온지

형은 저를 기사에서 보았다고 했지만

그 기사는 저도 보지 못해

아직도 그렇게 사느냐는 말에,

이해할 수 없지요?

형은 그 나이를 먹어도 아직 똥칠이 그립던가요

원한다면 해드릴 수 있지만

저도 낼모레면 마흔넷입니다

왜 이리 기쁠까

一　　고개를 내리니 형도 저도 참 젊네요
　　　　오향장육에 배갈 한 병
　　　　잘 지냈냐
　　　　잘 지내셨지요
　　　　대단하다
　　　　대단하세요
　　　　시간이 참 빠르다
　　　　시간이 참 빠르지요
　　　　가자
　　　　가요
　　　　이승의 호프에서 미끄러지는 형을
　　　　끌고 나오는데
　　　　대리, 가자, 대리, 가자
　　　　형이 돈을 쥐여줬지요
　　　　무슨 뜻이었을까요 자본주의는
　　　　여명은 효과가 있던가요
　　　　새 빤스는 침대맡에 두었습니다
　　　　이제 내가 싼 똥은 내가 치우는 것으로
　　　　같이 늙어가는 처지에
　　　　윗물 아랫물이 어디 있습니까
　　　　저는 형이 차별받지 않길 바라지만
　　　　이해하지는 않습니다
　　　　형, 돌아가는 삼각지에 앉아서

　一

하늘의 새를 보세요
가령, 실존적으로 말해

꿀을 주세요
—지혜와 석희에게

슬픔을 한 손에 쥔 사람과
기쁨을 한 손에 쥔 사람이
한날한시에
그 둘을 떨어뜨리는 날도 있다

사랑은
자연의 섭리가 아니라
신조차 알 수 없는 창조물의 의지로

두 사람은 눈멀어
슬픔 은빛과 기쁨 금빛을 알아보지 못해
서로의 슬픔과 기쁨을 쥐고 멀어졌다가
시간이 허락될 때마다
내 것이 아닌 슬픔과 내 것인 적 없던 기쁨을
탁자 위에 세워두고
회전을 멈추지 않는다
사랑은 삼백육십 도

두 사람
한낮에 달을 보고
한밤에 닭 울음을 듣고
듣도 보도 못한 확신 속에서
찾아 나선다

기쁨과 슬픔의 한문을 제자리로 돌려놓기 위해
과학과는 거리가 멀고
국어와는 거리가 가까워서
시간을 되돌리려 애쓰지 않고
시간을 적는다

모월 모일 두 사람은
출퇴근하고
지하철에 올라
책을 펼치고
배를 타고
우리 노를 저어 가요 넓은 바다로 두려움 없는 곳으로
집으로 가서 손발을 깨끗이 닦고
꼭 이런 문장이 존재하는 곳에 정박하여
밑줄
마음은 내어주되 머물지는 마라
영원을 책장 사이에 끼워둔다
아름다운 흑맥주도 한 모금

꿈결에
얼떨결에 둘은 파도에 올라
헤엄쳐서
최초로 다가가서 서로에게 말 건다

이것은 당신 것
당신 것은 이것

사랑은
잃어버린 것을 찾지 않고
얻은 것을 내어주는 것

기쁨과 슬픔이
동시다발적으로 발생할 때
어디선가 언젠가 누군가
오징어볶음 하나 고등어자반 하나
청국장 하나 다 먹지도 못할 음식을 주문하고
볶어먹는 소리
마침내 똥오줌을 가리게 된 아가와
회식하고 속병 앓는 이를 위해 설탕물을 타고
틀니를 소독하고
노인은 노인이 보는 가운데 조용히 눈감는다
잊지 말 것!
사랑은 반드시 누군가의 불행과 행복 곁에 있다

눈이 보이지 않는 천사
귀가 들리지 않는 천사
말 못하는 천사가

사랑을 축원한다는 사실
맑은 침을 흘리는 작은 개가 꼬리를 흔든다

이로써 모월 모일 두 사람은
사랑의 공회전을 손바닥으로 덮고
이 모든 계절을 담보 삼아
사랑을 빌려 말한다

	"	"

잘 가 우리 복희

복희가 다섯 살 때 일입니다
복희에게는 여섯 살이 없었습니다
복희가 엄마에게 물었습니다

엄마 사람들은 여섯 살에 뭐해요

복희 엄마는
복희의 유효기한을 알아서 고민하였습니다
여섯 살부터는 사는 게 재미없다고 말할까
엄마에게도 여섯 살이 없었다고 말할까
복희 엄마는 말했습니다

우리 복희 밥 먹자

복희는 엄마가 간장과 참기름을 넣고 비벼준
망각국수를 먹고
하늘나라에서 만나요
(그것은 꿈나라이고)
기쁨 속에서 잠이 들었습니다

세희가 열다섯 살이 되어
세희 엄마는
떡국을 앞에 두고

달걀 고명을 집어먹으며
세희에게 고백하였습니다

세희야 엄마에게는 여섯 살이 없었어

세희는 묵묵히
영원한 것
질긴 것
미끌미끌한 것
영양가 있는 것을
꼭꼭 씹어먹고
꼭꼭 오늘 같은 날 그런 소릴 해야 해
말하였습니다
그래도 먹어봐
산 사람은 살아야지
해가 중천
새해 복 많이 받으세요

세희는
용희가 죽을 날이 되어
용희네 집에 놀러왔습니다
용희 엄마는 마당에
커다란 고무통을 두고

물을 가득 담았습니다
용희와 세희가
한 통 속
물장구치며 시간을 잡아먹었습니다
용희 엄마가 세희 엄마에게 말했습니다
세희는 팔다리가 길다
용희 엄마는
참 희네
세희 엄마는 용희 엄마에게 물었습니다
용희가 올해 몇이죠
용희가 엄마를 보고
기쁜 미소를 지었습니다

잠에서 깬 복희가
잠든 엄마의 근미래를 무한히 바라보다가
검지에 침을 묻혀
엄마의 점을 지워주었습니다
운명이었습니다

복희는 기다렸습니다

가까운 미래에 우리는 아날로그가 됩니다

영규 휴가 나옴
백두에서 한라까지 오후 다섯시

눈으로만 볼 것

보았니
보았지
가니
갈 거니
갈까
가야지
다 잊었니
우린 젊잖니

영회는
풀무질 게시판에 꽂힌 종이를 떼어
자신을 빠져나왔다
아무도 오지 말길
영규 형과 둘뿐이길
초여름 교정의 먼 길을 돌아 가까운 곳으로 갔다
파란불도 없는 횡단보도를
소리내어보고
한터소리에서

청계천 8가를 불러주던
영규 형을 좋아했다
노동해방은 쥐뿔도 모르면서
좋아해 형이 부르기도 전에
그런 입으로 동지라고 말했는데
영규 형
그러나 지금은 우리 둘이 땅끝에 갔던 걸 생각해요

땅의 끝으로 걸어가서
여기가 땅끝
끝이야
우리도 끝이라고요
의문을 가지고 인생을 새롭게 살자 다짐하면 될 걸
못하고
흑염소탕을 먹고 열불이 나서
서로 등에 찬물을 부어줬지요
형의 등은 휘어질 대로 휘어져서
보리도 키울 수 없고
호랑이도 뛰놀 수 없고
기껏해야 돌을 세워 돌을 올려놓고 무덤속에서
메—에 하고 염소가 풍겨나왔습니다
등이 이렇게 무너져서
이 험한 세상을 어떻게 헤쳐나갈래

형이 제 등을 공연히 두드려서
제가 토하고 말았죠
역사의 굴레를 시원하게
그때 이후로 저와 형은 검은 털이 숭숭 돋은 후일담이 되
고자 하였습니다
젊어서 백 년 다르고 늙어서 백 년 다르다지만
영규 형 우리가 그때 그 바위 위에
검은 똥을 누었던가요 힘을 줬던가요
사뿐사뿐 이승을 거닐었죠

영회는 로터리에서 들려오는 최신가요를 듣다가
그만 종이를 씹어먹었습니다
뱃속에서
영회는 영규 형을 보고
인사도 못하고 멀찌감치 떨어져 앉아서
괜스레 허파꽈리를 톡톡 터뜨렸습니다
웃다가 실실 웃었습니다
그런 자신을 인간으로 볼 것인가 짐승으로 볼 것인가
오장육부에서 갈등 한 판이 벌어졌습니다
백두에서 한라까지
가느냐 마느냐 그것이 문제로다
영회는 창자 언저리에 우두커니 앉아서
오늘 난 편지를 써야겠어 전화카드도 사야겠어

형이랑 있었던 일을 떠올리다가
뒷목을 잡고 쓰러졌습니다
영규 형이 달려왔습니다
언제 사람이 될래
메에
울었습니다

다섯시에 가보니 아무도 없고
영규는 영회와 마주앉았습니다
둘은 새까만 눈동자를 가졌고
어느 청년노동자의 삶과 죽음을 강독하다가
이 모든 게 꿈인 줄 알게 되고
잠에서 깨어
등에 묻은 흙을 서로 털어주고
무덤을 나오며 속닥거렸습니다
여기가 끝인가
여기가 끝인 거 같아요

영회는 애상에 젖은 채로 간신히
똥꼬를 빠져나왔습니다
구깃구깃한 것을 잘 펴고
실존을 강타할 노래가 속수무책으로 튀어나오는 리어카
를 지나

풀무질로 들어가 영희는 다시

영규 휴가 나옴
백두에서 한라까지 오후 다섯시

눈으로만 볼 것

처음부터 시작했습니다
시계를 보았습니다

그 흰 빛 강

슬픔을 껴안고 잠든 이가
이미 슬픔에 잠겨 있다면
슬픔은 어떻게 해야 할까

✦

병세 형
저승생활은 어때요
골때려요
오늘은 수현이 돌잔치
떡볶이대첩 앞에서 택시를 탔어요
안길동 기사님께서
선생님 기다리셨죠
그래도 오늘은 날이 푹해
한결 살 만합니다
제아무리 매서운 추위도 지나가지요
세월 앞엔 장사가 없습니다
카택 대신 티맵을 이용해주십시오
카풀 때문에 동료 둘이 목숨을 잃었습니다
저는 동료들을 역행하고 있습니다
부끄럽습니다
형, 안길동 기사님은 역사적인 자일까요
눈을 돌렸어요

진실은 미터기에
형, 그때는 어떤 진실함으로
총장실을 점거하고
삭발하고
의정부역 광장으로 뛰어가 효순이 미선이를 소리쳐 불렀
나요
형이랑 처음으로 데모 뛰던 생각이 꿈이 되어
잠결에 투쟁 삼창
집사람이 가슴을 툭 쳤습니다
이 남자 어딘가 사랑스러워
엄지손가락을 쪽쪽 빨아줬습니다
그때 청와대 앞까지 돌진해서 형이 닭장차 위로 올라가
깃발을 흔들 때
제 마음도 펄럭였어요
요즘 것들은 마음이 나부낄 때마다
기모찌 기모찌
뜻 없는 감탄사를 내뱉지요
하
하핫
형의 시는 참으로 뜻있었죠
나약했죠
어느 날
형의 시를 읽고 전언을 썼습니다

형이 철없는 청춘이었다는 사실을 그땐 몰라서
형을 원했습니다
사랑은 아니에요
형은 형의 해방세상이 있고
제겐 저만의 이승이 있어서
형처럼 살고 싶지 않았습니다
그런 저를 형은 때때로 업신여겼죠
새벽까지 天地人에서 술을 마시고
청계천 8가를 부르고
옥상에 올라 떠오르는 해를 보고
투신
구겨진 리얼리즘으로
현대작가론을 듣다가
가슴을 툭 쳤습니다
형, 좀 깨어나세요
방년 사십오 세에
이승을 떠나는 심사는 어떠했을까요
손님
옆을 보십시오
저기 저렇게 다 서 있습니다
세상이 다 조용했어요
병세 형
수현이가 곧이어 들어올릴 것이

연필일까요 지폐일까요 실일까요

✦

슬픔은 슬픔이 잠잠해질 때까지
잠든 이를 흔들어 깨우지 않고
멀리 더 멀리 빛나는 곳을 향해

오늘의 시

무엇보다
우리 삶이 늘 시적일 필요는 없다

책상에
볕이 들고 어둠이 스밀 때까지
두 사람이 궁리하는 것이
둥근 나무의 일몰이라면
궁지라는 건

경언아
송창식을 들으며
홀로 맹물에 밥을 말아먹고
눈물 앞에 허수아비처럼 서 있게 되더라도
이해하지 말자
둘이라는 건

상필아
출근 때문에
리버풀 경기를 포기하지 말고
꽃이 활짝 피면 꽃 사진을 찍는
아저씨가 될지언정
헤아리지 말자
기쁨이라는 건

빛을 수집하여
글자로 채울 수 없는 여백에 두고
기차를 타고 국경을 넘을 때 집 생각이 간절해진다
완성이라는 건

빵 옆에서 세상 진지한
시인이랑 친구 먹으니 시집도 선물받는다 얏호 외치는
그해 여름 미소가 예쁜 갱
짝눈으로 세상의 평화를 기원하는 유뽕
사람이라는 건

졸릴 때 자고
배고플 때 먹고
일할 땐 일하고
놀 땐 놀게 하소서
아픔 없이 데려가소서
믿음이라는 건

의자에게 빚진 생각만큼 의자의 그림자를 바라보고
오래 말하지 않아도 무섭지 않고
친구들과 작은 운동장에 모여 일광욕하고
어제오늘 부쩍 산다는 건 뭘까, 라는 생각이 든다

—　　행복이라는 건

　　　좋은 날씨는 천사와 함께 온다
　　　꿈에서는
　　　알아서 자라는 사랑을 꿈꾸고
　　　잠들기 전까진 알 수 없는 사랑을 가꾸길
　　　슬픔이라는 건

　　　비록
　　　집에서 우리를 기다리는 것이 여전히 암흑일지라도
　　　걱정 말고
　　　불을 밝히고 탁자 위에 놓아두는 것이다
　　　사랑이라는 건

　　　오늘의 집에
　　　두 사람이 들고 온 것이 아니라
　　　두 사람이 들고 오지 않은 것
　　　덕분에
　　　한 사람이 한 사람에게 다가간다
　　　그것이 두 사람이 함께
　　　쓰는 시다

—

이 순정한 마음을 알 리 없으리

오늘 서울에는 첫눈이 내리었어요
쌍판댁에서
훈이 형과 소주잔을 기울이며
언니, 영삼이 언니 코 세웠대
미친년 자존심을 세우라고 해
미끄러졌습니다
그놈의 년 소리 좀 그만해
미친년 날아가는 방귀에 시비야
시절이 그런 시절이 아니야
눈은 쌓여 우리
죽상이 되어
이모 이게 구찌 홀스빗 로퍼야
구차한 인생을 자랑스레 여겼죠
두 손 두 발을 들었습니다
형, 크루아상님 알지?
이년은 술만 취하면 형이래 알지 개말라잖아
죽었대
뭐래
뛰어내렸대
무소식이 희소식이라더니 갔네
걸렸대 공원 화장실에서 하다가 잡혔대
시대가 어느 시댄데 시대착오적인 년
두 손 모아 삼가 고인의 명복을 빕니다

— 형 나는 가끔 이성애자들이 핍박받는 세상이 오길 바라
거리에서 손도 못 잡고 뽀뽀도 못하고 회사에선 전전긍
긍하길
시대를 앞서가자, 우리
형 영삼이 언니랑 크루아상님이랑 레테님이랑 와수리 갔
었잖아 직업군인님 만나러
그 오빠 천연끼가 대단했다 혀를 내둘렀다 눈이 쏟아졌
다 차가 빠져서 발이 묶여서 처갓집에서 닭을 네 마리나 먹
었다 버스는 떠났다 오고 떠났다 그 오빠가 데리고 온 상
병이 식이 됐다 일병보단 상병 상병보단 병장 하사는 나가
리 중사보단 대위 대위보단 해병대 장례식장에 갔다 온 사
람은 있다니
태어나 그런 눈을 본 적이 없어 앞으로도 못 볼 거야 그런
눈은 형 와수리가 왜 와수린 줄 알아
몰라 누울 와 물 수 마을 리

형, 그게 벌써 십 년 전이다, 자?
형, 우리도 다됐다 혀가 꼬부라지기 전에 고개부터 고꾸
라진다
인생 뭐 있니
살다
간다
구두에 검은 봉지를 씌우고 나와
—

훈이 형은 타락 벙개에 가고
고객님이 타고 계신 차량은 안전하고 친절한 택시입니다
상훈이 형
오늘 서울에는 큰 눈이 내리었어요
형이 와수리에서
폭설에 파묻혀서 들려주던 남자들에 관해 자주 생각해요
꽃부리 영 수컷 웅 호걸 호 뛰어날 걸
형도 참 겉은 바삭 속은 축축 바텀 인생
그때 형이랑
그 형들이랑 살림을 차렸더라면
형은 꽃 같은 인생, 살아 있었겠죠?
형 저는 이제 홍차장이 되었고
여의도에 살고 있습니다
대출 끼고 도보 출근 가능 삼억팔천
테마파크에서 가짜 자연을 즐기고
대물훈탑의 자위쇼를 봅니다
부모형제는 지긋지긋하고
견미리팩트와 요술세럼을 샀습니다
저는 어쩌서 이토록 역사적인 인간일까요
현대의 누구도 더는 저를 영웅님이라고 부르지 않습니다
똥꼬충들이 설쳐대며 에이즈를 옮기려고 불나방처럼 달
려든다
더러운 에이즈 캐리어

동성애는 정신병이다 정신 바짝 들도록 북한 아오지 탄
광으로 보내라
시절이 그런 시절이 아니었더라면
상훈이 형
저는 가끔 본색을 드러내고 싶어요
부부 동반 홈파티
세상에 지들밖에 없는 것들
지 새끼들밖에 모르는 것들
거리낄 것 없는 단란한 식탁 위에
똥 무더기를 쌓아올린 접시를 내가고 싶어요
구리면 구린 의미가 있죠
그러기 위해 저는 하느님을 믿고
양이사, 조부장과 산을 타고
관혼상제를 중히 여기고
연말정산은 제때
자주 흰죽을 먹습니다
맛도 없고 향도 없고
거짓도 없는 부드러운
영혼의 봉변을 기대합니다
말로에는 누구나 비참하여라
주님 메시지
오늘 타락 물 안 좋네
형,

우리는 왜 타락하지 않았을까요?
먼 길 가는데 그 돈밖에 못 보내 미안해요
목적지에 도착했습니다

막간극

자기야 자기 요즘 정말

개독 박멸

동성연애는 자연을 파괴하는 행위이다 빠른 시일 내로
제자리로 돌아가라

꿈꾸었음
동일한 문장으로 시를 쓰지 않는다

저승으로 향하는 꿈이었음

꿈속에선 너와 나
다정한 연인 되어
화장실에서 동성 캉캉
"나를 행복하게 해주고 싶다
말에는 분명히 다른 의미가 있다
너는
자신을 측은하게 만드는 방식을 자신도 모르게 깨달은 사람
나는 개의 나이로 몇 살일까
우리는 막 핥았음
네가 나를 쫓아와
나를 막 패기 시작할 때 꿈에서 깼다
아무리 생각해도 너는
그럴 만한 사람이 아니어서 개꿈이려니 생각했는데,
방금 야 이 개새끼야로 시작하는
문자를 받았다"

꿈에서 우리는
자연인이 되어
텅 빈 모래사장에 대형 하트를 그렸다
이토록 뚫고 뚫리는 기분
개운해
속시원해
무의 무에 젓가락을 찔러넣듯이
젊은 여집사에게 빤스 내려라 한번 자고 싶다고 해보고 그
대로 하면 내 성도요 거절하면 똥입니다 여러분
이렇게 약올리면
너희들 용용 죽겠지
왈왈 막
핥았다 우리는
모든 게 저승이 아니라
저승으로 향하는 기차 안에서 이루어지고 있었음

꿈을 꾸었음
이 시는 그즈음을 위한 것

기차에서 내려
볕이 부서지는 바닷가로 갔다
너 혼자 남사스럽게
겨울 모래사장에

그려두었다

♡

"병운, 병운이, 병운아
조개껍질 아래 묻어두고 왔다
우리 둘이 가지고 놀던 사랑의 장난감
박수 소리
여름 느낌
하트 뿅뿅
내려오라고 하면 내려가고
올라오라고 하면 올라갈 텐데
예수 천국 불신 지옥
겨울 무를 깎아줄 텐데
우리를 다시 핥으면 풍부한 맛이 날 텐데
무의 무의미한 맛처럼
우리가 헤어질 때 한 말
'이 개새끼야'
'너는 너만 불쌍하지?'
동성애는 자연을 파괴하는 행위이다
안 그런 사랑도 있나
하나를 그리고 나면 옆으로 하나씩 더 생겨나는 선한 사
마리아인 하트다 하트
하트가 하트와 손을 잡는 해변에
꼭 한 명씩 있다는

나뭇가지를 들고 다니며 남의 사랑전선을 지우는
미련한 사람
한번 더 안 자고 싶은 사랑도 있나
내가 싼 사랑의 똥은 내가 치우기"
돌아서서 걸어가서
눈 비비고 눈 떠
옆에 누워 잠든 사람을 보았고
속삭였음;

네가 꾸는 꿈은 이토록 투명하구나

구운 無떡 레시피
1. 무는 한입 크기로 썬다.
2. 믹서에 썰어놓은 무와 물 여섯 큰술을 넣고 곱게 간 후
체에 받쳐 물기를 뺀다.
3. 볼에 간 재료를 넣고 잘 섞는다.
4. 달군 팬에 식용유를 두르고 반죽을 두 큰술씩 넣어 동
그란 모양으로 만든다.
5. 중약불에서 앞뒤로 사오 분씩 노릇하게 굽는다.

남자 둘이 남사스럽게
무떡을 찢어
서로의 입에 넣어주는 걸 꿈꾸다가

— 남자 둘이 떡을 치는 시
  생각났다 내 사랑, 황인찬
  고소하고 비릿한 인절미맛은 너의 것
  기름에 튀겨내듯 지진 맛은 내거 하자
  내꺼 하자 라는 노래는 원곡보다
  박상민 버전이 남다른 맛
  남다른 맛 하니 떠올랐음
  자기야 자기 요즘 정말 자기 멋맛대로 시를 쓰네
  안 그런 자기도 있나
  이 시는 그 어딘가에서 멈추길 원해
  원해는 두 번 말해야 원해
  꿈에 어제 꿈에 보았던
  이 시는 그럴 수 있어, 하는 이 시

  "자기야, 여보야, 개새끼야
  어젯밤에 네가 보낸 문자를 자꾸만 핥다가
  알게 되었지
  우리 사랑의 레시피
  ♡에 혀를 넣었다 뺐다 하다가
  손가락을 깊숙이 넣어
  살살
  주여 기도를 들어주소서
  사랑과 은혜와 성령이 이곳에"

—

이렇게 구리게 안 끝나는 사랑도 있나

너는 언제쯤
병운이와 헤어지고 내게로 올까
병운이는 껍질뿐
소리낼 뿐
반짝일 뿐
훠이훠이 어이타
캄캄한 이승에서
무를 어슷하게 썰다가
무의 맛을 보았음
동일한 문장으로 시를 쓰려거든
만물은 있음에서 없음으로 없음에서 있음으로

이렇게 끝내면
이토록 무미할 수가
너희들 어리둥절하겠지
똥입니다 여러분
빠른 시일 내로 자연으로 돌아가라

이것이 내 사랑 내 시의 레시피

2막
개의 개 같은 삶과 오리의 오리 같은 삶

첫눈

모자를 쓰고 담배를 태우다가
그만 웃어버리는
너도 참, 미옥아
흑백사진 속에서 너는
늦봄을 보고 있구나

오늘 새치 한 가닥을 뽑았다

늦봄에
꽁치는 맛도 못 보고

미옥아 네가 쑥을 뜯어서 바구니에 담아왔잖니
먹고살자고
인간이 되자고
너도 참 고약했지 뭐니
인간은 너나 되지 나는 왜 인간이 되어서

이제는 귀도 먹고
말도 다 까먹어서 나도 나를 못 알아본다, 애
나 참 잘도 인간이잖니

미옥아
단풍이 고운 곳으로 갔잖니 너는

그곳에서 눈으로 덮였잖니
눈으로 덮인 후에 단풍잎으로 덮인 후에
영영 갔잖니
늦봄에 꽁치맛도 못 보고
너도 참 고약했지 뭐니
쑥을 아무리 먹어도 너는 왜

첫눈이 왔다
저 희멀겋고 요망한 건 뭐니
먹는 거니
살았니 죽었니

전언

순부씨
그곳은 비바람이 잦아들었나요
이기셨나요

이곳은 아침부터 작은 눈발이 날려
늙은 사람들의 사자성어가 되었습니다
어째서일까요 모두
흰머리가 되어서 한집에 모여 앉아
윷을 던지고
게를 삶아먹었습니다
이도 없이 고소했겠지요

일소일로(一笑一老)
늙은이들에게 배울 만한 건 배워서
저도 이제 많이 늙었습니다
구호도 잊고 전화카드 한 장도 가물가물합니다
언제라도 지치고 힘들 때
내게 전화를 하라고
순부씨도 그때는 영 감상적이었지요

양말도 챙겨 신지 않고
등목할 때 제가 볍씨를 몇 개나 떼어냈는지 몰라요 누가
범민족 아니랄까봐

우리가 동지였던가요

같이 잤지요
한 이불 속에서 노래하다가
망측하게 같은 꿈을 꾸었습니다
조국의 폭주 기관차에서 내렸잖아요
바다를 보려고
해변을 걸어 끝까지 갔는데
갔지요 두 발을 땅에 딛고
게를 푹푹 삶아서 배부르게 먹고
도개걸윷모
말을 다 뺄 때까지 꿈은 이어졌습니다
바다도 못 보고
저는 더는 못하겠어요
당신은 저와 갈 길이 다른 사람
에구머니, 꿈을 쨍그랑 깨뜨렸지요
동지의 앞날을 누가 알았을까요

약팽소선(若烹小鮮)
작은 생선을 말려 보냅니다
작다고 무시하지 마세요
순수한 거랍니다
순부 형

—　어제는 앞니가 빠지더니 정이 깊어지더랍니다

청첩

금희야
책장에서 너의 청의 호수를 빼서 보았다
아무도 모르게 몰래
들었다
너는 여기에 이 푸르고 넓은 호수를 어떻게 감춘 거니
언제 숨겨둔 거니
내게 남은 건 이 풍경뿐이야
여보

내가 죽고 너는 살았어야 해
호수에 갈대가 무성하구나
갈대밭에서 소피를 보다가
모기에 물리고
발목에 침을 바르고
떠돌다가 간 금희야
네가 간 곳으로 가보았다
북방계 호랑이 두 마리가 흰 콧김을 내뿜으며
호수로 달려가더라
피를 뚝뚝 흘리는 것을 입에 물고
눈이 벌겋고
네가 갈 데까지 간 곳이
그렇게 생명에 가까운 곳이었다니
안심되더라, 여보

—   책을 열면 꿈이 없고 책을 닫으면 꿈이 있지

금희야 펼칠수록
넓어지는 금희야
펼칠수록 넓어지는 마음이 우리에게도 있었지
혀를 물고 죽자고 했잖아
소설인데
눈은 오지 않고 바람만 불어서
멀리서 종소리가 들려왔다
조종이었다
누군가 떠났다가 돌아왔구나
네가 편의점 도시락을 먹다가 눈물을 보였다
여보, 엄마 얼굴이 생각나
금희야, 뚝

너의 호수는 참 아기자기하구나
찢어질 것 같구나
물에 젖으면
영영 못 돌아올 것 같구나
이런 걸 용케도 숨겨두고
갔구나
책장이 무너지고 나서야 알 건 뭐니
너의 청의 호수는 무거운 거로구나

—

봄이 오면
산에 들에 피는 꽃
그 꽃잎 따서 전을 부쳐
상에 올리자고 하였더니
여보, 아버님이
어젯밤 금희 얼굴이 보였다
눈물은 여럿이 찢어먹어야 제맛

금희야
여러 어른과 벗들을 모신 앞에
한 쌍 원앙의 짝을 맺으려 하오니
부디 오셔서 새복음자리에
한없는, 네가 쓰다 말고 나를 봤지
그때가 기회였다
달아나
갈대를 보다가 하나를 뜯었더니
다 사라지더라
너의 청의 호수
이토록 연결된 거구나
종잇장같이 생사가
여보, 호숫가에서 피를 닦는 호랑이에게 물었지
잡아먹습니까, 잡아먹혔습니까

금희야
　　영원을 잘 세워서 책장을 받친 후에
　　너의 청의 호수를 잘 접어서 다시 넣어두었다
　　내가 죽고 네가 살았다니
　　내게 남은 게 너의 피와 살과 뼈로구나
　　천천히 물위로 얼굴을 내밀어도 돼
　　오른손에는 돌 왼손에는 갈대
　　두 손을 가슴에 올리고서 흘러가
　　한없는

궁지

지금은 아이그리모니아와 아마로르를 구분할 줄 아십니까
경섭씨

라틴어를 배운다고요
우리 이제 마흔입니다
라이티티아와 라이타티오를 때맞춰 쓸 줄 안다면
저와 경섭씨의 상황이 달라질 수 있을까요

지금도 우리가 궁지 속에 머물렀던 것을 떠올리면 머리카
락을 올려묶게 됩니다

눈은 끝도 없이 내릴 것 같고
(끝도 없이 내렸죠)
장독이 밑도 끝도 없이 깨져서
우리 그 밑으로도 가보고 그 끝으로도 가보았죠
그 밑에 있던 게 똥인지 된장인지도 모르고
그 끝에 있던 걸 보고도 구더기 무서워 장 못 담글까
경섭씨가 말했습니다
저는 잘 지냅니다

딸도 없고 아들도 없고 아내도 없고
남편과는 사별했습니다
꾸며내고 있다고 하시겠죠

경섭씨가 어렵게 구해온 코스모스를
제가 글쎄 먹어버렸던 기억이 나요
흰 코스모스였는데
녹여먹고 빨아먹고 혀가 얼얼해서
제가 경섭씨 입에 혀를 넣었잖아요
경섭씨가 왜 울었죠
맞아요
우리 너무 깊었죠

궁지 속에서 나와
짐싸고 짐을 끌며 우리 걸었죠
검은 방향이었나요
흰 방향이었나요
멈춰 서서 제가 먹은 걸 다 토했지요
눈 나리고요
그걸로 끝

경섭, 궁지 속에
떠올랐어요
밑도 보고 끝도 보고
우리 눈을 파서 눈을 심었잖아요
꽃이 피라고
그게 잘못되었어요

흰 코스모스면 족했는데
끝내기엔 너무 어리다고 했죠
어렸죠 그게 다예요

라틴어를 배운다고요
(In frondem crines crescunt)

만날까요
경섭씨, 저는 죽었고 재봉 일을 합니다

찾지 마세요

아멘

여보, 오늘은 출근하는데 눈물이 샘솟았어
굵고 높은 기둥이라서 올라갔지
떨어지고 싶어서
올라갔어 보이더라 검푸른 바다가
반짝이더라 단번에 빠져죽을 순 없더라 앉았지
기둥 끝에 땅끝에 시간이 무진장 잘 가더라
먹고살 때는 길다 싶더니 가고 보자 하니까 짧아
여보, 짧은 거더라 내가
당신이 긴 쪽
누가 더 길고 짧은지는 대봐야 안다고 해서
내가 당신 몰래 짧은 걸 내보였던 거 모르지 모르면서 뭐
가 그렇게 다행이라고 한 걸까
팔다리가 점점 가늘어지는 것도 모르고
우리는 정신을 두껍게 하며 살았다 헛것에 홀려서 여보
몸에 충실했어야 했어
웃음이 나올 때 웃고 기도하고 먹고 싸고 감싸고 휘몰아
치는 가운데 가화만사성을 가훈으로 정하는 데는 다 이유
가 있는 거더라
우리는 가정을 꾸리지도 못하고
때때로 가능한 때가 오면 아이를 몇이나 길러 키울까 상
상해보곤 했잖아
나는 딸이 좋겠어
요즘 아들 새끼들은 죄다 입에 달고 살더라고 부끄러움을

나나 당신만 해도 그렇잖아 발가벗고 싸돌아다니는 건 집
에서만 하잖아 여보

 어제 영업3팀 워크숍에서는 다들 차례를 기다리더라고

 누가 먼저 바지를 내리고 알을 깔 것인가

 땅콩에도 위아래가 있어서

 반과장이 까더라고 잘 까 과연 아직 앞날이 창창한 녀석
이더라고

 그럼 또 두고 볼 수가 있나 내가 한 번에 두 갤 깠지 훅
깠어

 내가 그런 등급이잖아 승진을 앞두고 있잖아

 부장이 손뼉을 치더라고 비전이라고 하더라 비전

 자기 인생의 비전이 집에서 새지 말고 밖에서도 새지 않
는 거라고 하더니

 기어이 가더라고 비전 룸으로 우리를 다 끌고

 실행하더라고 흔들더라고 쥐어짜더라고 비전을

 시커멓게 쪼그라들더니 울더라고 여보

 그런 미래를 당신에겐 보여줄 수 없고 죽겠더라고

 빤쓰를 배꼽까지 끌어올려 입어도 되질 않더라고

 갈아탈 곳을 놓치더라고

 한번은 그래서 에라 모르겠다 계속 가게 되더라고

 뻘을 보면서 대낮부터 조개구이에 소맥을 마는데 여보 항
복은 거기 있더라

 행복하더라

당신이 맞았어 당신은 참 일찍 항복했잖아

　항복의 맛을 보더니 영영 돌아오지 않았잖아 당신이 밤마다 떠도는 걸 내가 이해 못했잖아

　거기가 어디라고 가느냐고 내가 자꾸 그랬잖아

　두 다리가 성해서는 그게 뭐냐고 했잖아

　무섭다

　당신이 스키야키 주점에서 얇게 썬 쇠고기를 달걀에 적셔 먹으면서 말했어

　너무 쉽게 말했어

　다 어렵게 말하는 걸 여보 그래서 내가 파를 그렇게 먹었어

　대파를 먹고 또 먹었지 대단했어 당신이랑 나랑

　젊은 날 만나서 산 넘고 바다 건너 평야에 씨를 뿌리며 살았다

　쌀농사는 짓지 말자고 늙어 허리 굽어 고생한다고

　당신 어머니는 환갑에 이미 망했다고 했지

　그래도 우리 벼를 심었잖아

　논에 물을 대고 모판을 떼다가 심었지 그걸 손으로 다 했어

　기계가 못 들어가는 논이라고 작은 논이라고

　그 작은 논으로 먹고살려고 했다 우리가 어렸다 우리가

　진즉 망해서 평야를 버리고 산업 역군이 되었다 우리가 이런 삶을 살았더라면

　지금보다 더 빨리 쇠고기 맛을 알고 고기를 끊었을까

고기도 먹어본 놈이 잘 먹는다고 여보 이런 말 하는 사람
을 내가 안다
  원이사가 그런다 자기는 원없이 고기를 먹는 게 소원이
었다고 하면서
  갬성이 아주 옛날 갬성이야 가족 같은 회사라잖아 자꾸
  여사원 블라우스를
  쓰다듬잖아 만지잖아 부어주고 마시라고 하잖아 비비잖
아 그래서
  원이사가 결국엔 빤쓰를 얼굴에 뒤집어쓰고
  쇼를 했잖아 합의했잖아 지 혼자서
  고기도 먹어본 놈이 잘 먹는다 원이사가 조부장 똥꼬에
얼굴을 박고
  그윽하게 말했잖아 자기 인생의 비전을
  조부장이 구운 파를 꼬치에서 빼서 원이사 입에 넣어주면
서 방귀를 얼마나 잘 뀌는지
  둘이 생쇼를 하더라고 인생의 맛이라잖아
  나도 개다리춤을 췄잖아 인생 뭐 있나
  여보, 미안해
  나는 인생을 글로 배워서
  잠을 자다가 말고 눈물이 샘솟아서 당신이 자꾸 오라고
손짓을 했는데
  가긴 어딜 가느냐고 거기가 어디라고 가느냐고 내가 손
짓을 했잖아

— 　내려오라고
　꿈은 현실이랑 반대라고 죽으면 살고 살면 죽는다고 했
잖아
　여보 당신이 꿈에서 죽었는지 살았는지 내가 물어보지 못
했더라
　무섭다
　저 끝에 뭐가 있을까 여보
　오늘도 무사히
　눈물 기둥을 고이 접어넣었다

무덤

현아 누나 저는
어려 삶은 돼지고기 맛을 몰랐으나
이제는 비계에 붙은 살을 먹을 줄 알아
겨울이면
창문마다 뽁뽁이 붙일 일 없고
수도관이 터지지 않으나
여전히 빈곤층으로
한겨울을 나기 위해 두꺼운 점퍼를 사서
고이 접어 마음에 두었습니다
이렇게 쫄깃하고 고소한 맛을 모르고
어떻게 평생 살 생각을 했을까요
누나를 만나고 돌아와
끓는 물에 돼지고기를 삶으며
인생을 되돌아보았으나
오늘이 제 생일입니다
생일이면 생일이 기억납니다
누나와 제가 상계동에 살 적에요
누나 생일에 누나의 집이 무너지고
제 생일에 저의 집이 무너졌습니다
아니지요
누나 생일에 누나네 식구들이 우리집에 와서 하룻밤을 해
결하고
제 생일에 저희 식구들이 누나네 집에 가서 신세를 한탄

— 하였습니다
    그때 어머니와 아버지는 찍소리도 못하고 쫓겨났어요
    그럴 거면서
    그렇게 될 거면서 돼지고기는 어지간히 좀 먹지
    힘도 못 쓰고
    어머니와 아버지는 88년에 동생들을 만드셨습니다
    현아 누나, 누나가 서촌 본가궁중족발에서
    투쟁 투쟁 투쟁 이러지 않고
    우리 엄마 아빠도 쫓겨난 사람들입니다
    —
    저는 누나와 제 나이가 엔간히도 시대착오적이라는 생각
을 하게 되고
    고개를 숙였습니다
    저는 아디다스 운동화를 신었더군요
    정말이지 돈이 무섭습니다
    누나도 그렇겠지요
    여러분 우리가 지금 서 있는 세상은
    보증금 삼천만원을 일억원으로 사백만원 월세를 천이백
만원으로 올리는 세상입니다
    끝도 없이 오르는 세상만사
    현아 누나 이제 제 생일 이야기를 들려드릴게요
    잘 삶아진 돼지고기를 숭덩숭덩 썰어서
    쟁반에 담아서 밖으로 걸어나갔습니다
—

겨울밤 고기 냄새는 어쩌나 황홀하던지요
호랑이 한 마리가 저의 태초를 쫓아오더랍니다
쫓아보내지 못하고 살점을 한 점씩 던져주었습니다
그렇게 시간을 거슬러 무덤까지 갔지요
상계동에 살 때는 무덤이 가까워도 무서운 게 없었는데
이제는 무덤에 가까워질수록 오금이 저리고
할 말 못할 말을 하게 됩니다
어머니 아버지 이 못난 불효자식을 용서치 마시고
푸른 돼지고기 맛 좀 보셔요
술은 석 잔 석 잔 여섯 잔
저도 한 잔 하고요
살아 계실 적에 저도 살아남아
그게 모든 원흉이지요
88년에 어머니와 아버지는 뭐가 좋다고
합방하고 새로운 생명을 연출하셨을까요
집도 절도 없이 딱 하룻밤 만에
저는 그런 긍휼한 용기를 배우지 못해
오랫동안 음식을 투정하였습니다
생일에 절을 올리는 일이 부모의 일이 아니라 자식의 일
이 되었음
제가 살며 잘한 일이란 오직 그것뿐
현아 누나 제가
무덤 앞에 식은 돼지고기를 몇 점 남겨두고 왔을까요

정말이지 사는 게 무섭습니다
　　이렇게 인생은 되돌아볼 만한 것이지요
　　불을 끄고 냄비를 내려 손을 넣고 뜨끈뜨끈하게 산 것을
꺼내 도마 위에 올리고
　　썰어먹었습니다
　　저는 아직 쫓겨나지 않았고 쫓겨날 부류에 속해 있으나
　　이제 비계 맛을 알아 어른입니다
　　고향에 계신 어르신들께 전화를 넣어
　　무탈하시지요 묻는 일이
　　부모 된 도리라고 하셨던가요 자식 된 도리라고 하셨던
가요
　　누나를 만나고 돌아오면 꼭
　　없이 살아서 그래
　　먹고 자고 싸던 때가 생각납니다
　　현아 누나
　　무탈하시지요

묘목

백금순
오숙자
최복경
림흥순
손옥분
김남례
한정남
양길녀
신순순
오덕자

묻혔다

홍옥

문영아
네가 책상 위에 사과 한 알 올려놓고 사라지는 걸
나는 보았다

멀리서도 가을이구나

너는 없지만
야자시간에 교실 두번째 창에 우리가 쓴 편지는 아직 그
대로 있단다
우리의 겨털은 자랑이 될 수 있다
거기에도 함께 입김을 불고
쓰는 이가 있니
문영아

책상 위에 붉은 것을 두면 성적이 오른다는 말
참말이니
나뭇잎을 모아 서랍에 두었다
우리는 잘 썩어야 할 텐데
낙엽 사이로 네가 손을 쑥 내밀어주면
손을 꼭 잡고 싶다

문영아
너랑 나랑 손에 실을 걸고 하던 놀이

우리 둘이 돌려보던 책
바꿔 입던 체육복도 물에 젖고 말았다

네가 끝까지 이름을 말해주지 않았다면
사과를 슬픔이라 불렀을지도 모르고
네가 끝까지
이름을 말해주어서
나는 너를 문영이라고 부른다

그런데 문영아
너는 그곳에서 내 이름을 어디에 썼다 지웠다 하니
내 어깨를 빌려주고
내 입술을 놓아주면, 성적이 오를까
이런 생각은 왜 떠나질 않는 걸까

가까이 봐도 가을이구나
네가 여기 있다면
지붕에 올라가 어슬렁거릴 텐데

두 마리 그림자처럼
바람에 흔들리는 과실처럼
눈도 없고 코도 없고 입도 없이
툭, 떨어질 텐데, 살 텐데

너는 나만 볼 수 있는데
책상에 펼쳐놓은 걸 나만 빼고 다 본다
슬프잖니?

호수

금희야
이제 그만 돌아오렴
더
　날아가면
국경을
　　넘어가면
종례시간까지 올 수 없어

지금 거기
네 마지막 미소

그곳은 어떠니
생각대로 생각하는 갈대가 흔들리고
생각처럼 생각에 잠긴 푸른 호수가 출렁이니
공부와는 담을 쌓고 진실과는 벽이 없는
철새가 되어서
너는 생각의 부리를 가졌니
너의 미래 너의 어른 너의 소설

철새가 될 거면
안경은 벗어두지

너의 안경이 너의 콧잔등으로 흘러내려온다

슬그머니 먼지를 쓸면서
꿈꾸던 금희야
그곳에서 네가 쓰는 게 내가 간직하고픈 우정이란다

두 눈 감고도
멀리 내다보는 내 친구
지금은 국어시간이고 아네모네 쌤이 이런 걸 읊고 계신다
추정장호벽옥류
가을날 맑고 긴 호수가 푸르러
그곳에서 너는 가을에 물들었겠구나
잠들었겠구나
웃으며
여기는 겨울이야
겨울에 그렇게 먹고 그렇게 자면

금희야
난 네 부은 얼굴이 자랑스럽다
너의 흰 블라우스에 꽂힌 노란 리본과
네가 교복 치마 아래 체육복을 입고
우리의 겨털은 자랑이 될 수 있다 대자보를 붙이는 모습
교과서 한쪽에 빼곡히 적어놓은
여행의 서쪽
우리 둘이 점심때

떡튀순은 왜 그렇게 먹었을까

날아갈까 날아올까
푸른 호수에 발 담그고 망설이는 거지
그래도 그만 돌아오렴 금희야
눈을 뜨고 기지개를 켜고 안경을 올려쓰고
나를 보고 산다는 건
말해
교실 두번째 창에 편지를 숨기자
슬퍼하지 마세요 하얀 첫눈이 온다구요

문영아
들리니?
보이니?

급훈

대학 가서 연애하자

눈이 온다
집으로 가도 집에서 나와도

쌤
첫사랑 얘기 들려주세요

대학 가면 연애할 줄 알았지
한번은
전주에 갔지
연꽃이 가득하다는 호수에 갔지
그렇게 긴 다리는 또 처음 봐 꽃은 다 말라죽고
연잎만 우글우글 둥둥
헤어졌지
끝

헐
하나마나
아네모네

눈이 온다
집으로 가도 집에서 나와도

희야 영아
선생님이 미안해

선생님은 아름답지 못하고
너희는 아름다울 차례인데

창가에 놓아둔 화분에 이름을 붙이고
아침마다 물을 주고
식물을 썩혀 죽이고도 웃던 너희야말로
실수투성이 천사들을 곁에 두었는데
사실대로 말해줄걸
대학에 가지 않아도 연애할 수 있다
둘이 손잡아도 돼
둘이 뛰어가렴
두 손을 번쩍 들고 맞서렴
그 검고 무성한 것으로
대재앙은 늘 눈앞에 있단다

쌤
인생이 재밌어요

대학 가면 인생이 재밌다

—　끝

헐
하나마나
아네모네

눈이 온다
집으로 가도 집에서 나와도

선생님이니까
다 거짓말이다
인생은 삼각김밥만하고 딱 그 맛이다

살다보면 산다…… 미안해
이런 죽은 말을 어디서 배웠을까
선생님은

쌤
진도 그만 나가요

너희는
빛 속의 무지렁이들 같고
두부를 으깨먹는 죄 없는 죄인들 같고

—

생각의 이쪽저쪽을 오가는 철새들 같고   —

희야 영아
먹고 싶을 때 다 먹고 자고 싶을 때 다 자면 대학 간다

헐
하나마나
아네모네

왜 자꾸 떠오르는 걸까
너희 기쁜 목소리

☆생일
—기쁨의 두부고로케

밤에는 안개 속에 서서

생각했어요
요즘은 생각을 많이 해요
이곳에서도 머리카락은 자라고
옷은 작아지니까요

아침에는 엄마
나는 두부
생각해요

왜 있잖아요
그날 엄마랑 나랑 해먹었잖아요
두부를 으깨서
채소를 넣고
동그랗게 빚어서
튀겨먹었잖아요
막 웃음 나는 두부고로케

그곳에서는
한 번도
두부에 관해 궁리해볼 시간이 없었는데

씻을 때는 랩을 해야 했으니까
과학적인 교복을 입어야 했으니까
운동장을 누벼야 했으니까
두 발은 저절로 달려야 했으니까
형한테 맛있는 걸 만들어줘야 했으니까
엄마 옆에서 이불을 뒤집어쓰고 비밀이어야 했으니까
파란색을 보면 마음이 펼쳐져서 다리가 길어졌으니까
그냥 웃기에도 바쁜 나이였으니까

그런데 엄마
나도 나이를 먹긴 먹나봐요
(이런 말 엄마 앞에서 해서 미안)

안개를 앞세우고 달려나가는 것도 좋지만
두 손을 모으고
서서
안개 속의 풍경을 보는 일도
가슴에 들어와요
생각은 펼칠수록 펼쳐지니까요

엄마가 매일 새벽기도를 나가서
형 대신에 나를 위해 기도하면 어떡하지

엄마는 야근하고 와서도
슬픔의 걸레질을 멈추지 않고
국자마다 눈물을 떨어트릴 텐데
거기에 밥을 말아놓고 식어버릴 텐데

잘 먹었습니다
잘 먹겠습니다 아들의 말이 적힌 종이가 식탁 위에 없을
때 엄마는
어떻게 엄마답지 않은 표정을 지을까

야야 투레를 보고도 야야 투레를 못 보는 엄마에게
저 선수가 야야 투레야, 라고 말해줄 사람은?
(형, 형이 나 대신 엄마에게 잘 말해줘. 형은 언어천재니
까!)

형은 내가 좋아하던 옷을 어떻게 그렇게 잘 알고
이곳으로 모두 보내준 걸까
그 작은 옷을 그 큰 옷을 그 웃는 옷을 그 소란스러운 옷
들을

형은 지금도 기숙사에서 공부하는 사람일까
조용한 형은
약한 사람들의 역사를 알려주는 진실한 사람이 되겠지

형에게도 어린 형이던 시절이 있고
형은 동생이랑 보드게임도 할 줄 아는 사람이니까

아빠는 지금도
나한테 잘해준 게 하나도 없다고 생각할까
내가 아빠 마음 먹고
날다람쥐처럼 산을 잘 탔던 것도 모르고
(아빠, 엄마 옆에서는 매일 잘해준 게 많은 아빠로 있어
줘)

아빠
나는 아빠 등이 나랑 가까워서
넓은 힘이 났는데
내 등도 아빠에게 가까웠을까

엄마, 봐봐
나 이렇게나 생각이 많아요
어른 되나봐

엄마, 두부 좋지요?
두부를 가만히 본 적 있지요?
내 생각 하면서

김이 모락모락 피어나는
희고 물렁물렁하고
약하고 따뜻하고
살아 있는 거

나 같고
엄마 같고
아빠 같고
형 같고
친구들 같은 거

한입 먹으면
슬픔이 사라지고
한 모를 다 먹으면
새사람이 되어버리는 거

엄마, 두부를 먹으면 새사람이 된다는 게……
생각해보면 엄마, 아빠, 형, 친구들아
두부를 먹을 때마다 새롭게 태어나는 우리는
아무래도 미래를 가진 종족들인가봐

나?
나는

나에게도 미래가 오지요
엄마, 나도 이제는 사람이에요
이런 말을 하면 엄마는
너는 어쩌면 이렇게 예쁘냐고 하겠죠
봐요, 나 미래 알아요

그러니까 엄마
두부를 먹을 때는
내 생각

우리 아들 같다
너는 멀리 간 게 아니다

나는 엄마 두 손에
엄마의 두부에
엄마의 된장찌개에
엄마의 시금치무침에
엄마의 불고기에

엄마 곁에
아빠 곁에
형들 곁에
친구들 곁에

미래처럼
　　두부고로케처럼

　　엄마, 나 지금 걸어가요
　　그곳으로
　　다 모인다고 했으니까
　　혼자는 아니에요
　　내 옆에 작고 파란 강아지
　　이름은 한슬
　　엄마가 예쁘다고 했잖아요, 그 이름
　　그곳에서 버려진 강아지라는데
　　병들어서 이곳에 온 강아지라는데 나는 좋아
　　나도 처음에는 약한 아이였으니까
　　한슬이가 다 크면
　　나도 엄마랑 아빠랑 같은 크기의 마음을 갖게 되면 좋겠
어요
　　그게 내 첫번째 생일 소원

　　그리고 엄마
　　언제 와용?
　　더는 못해줘서 미안해
　　아빠
　　같이 수암봉 못 가게 돼서 미안해

형
라면에 계란 넣고 끓여주지 못해 미안
친구들아
이 형이 랩 못 들려줘서 미안

나
앞으로는
미안하다는 말 안 들려줄래
마지막으로 모두 미안

자, 그럼 이제
아무도 미안해하지 않기
미안한 눈빛은 속눈썹 뒤로 숨기기
내 두번째 소원

엄마, 엄마라고 부르면
왠지 두부라고 대답할 것 같은 엄마
여기서 거기까지 안개가 길어요
생일 초에 불을 붙여주면
내가 그 빛 보고 갈까요
가서 얼른
후
불어 끌게요

가면서 노래할래요
나는 기쁨의 생각이니까
나는 기쁨의 진실이니까

나는 기쁨의 트레이닝복
나는 기쁨의 발냄새니까

나는
기쁨의 생일케이크
기쁨의 우주과학자
기쁨의 쇼미더머니

나는
기쁨의 2월 19일
나는
기쁨의 영만이니까

(모두 지금 소리질러!)

☆ 4월 16일. 영만아, 엄마야. 꿈에서 볼 때마다 엄마가 먼저 헤어지자고 해서 미안해. 엄마는 영만이한테 심부름도 시키고 쓰레기봉투도 버리고 오라고 하고 싶은데, 엄마 혼자 부엌에 있는 거 싫은데, 엄마도 몽환의 숲 다 아는데, 엄마가 영만이가 두부 사러 뛰어가는 거 베란다에서 끝까지 진짜 끝까지 지켜봤는데, 아빠도, 영수도 영만이 때문에 많이 웃었는데. 영만이 잊지 않을게. 나중에 꼭 만날게. 우리 아들은 우주를 아는 사람이니까. 저기 뜬 저 별이 우리 아들이 만든 별이라고 생각할게. 이길게. 웃을게. 기뻐할게. 엄마는 안 먹어봐도 저 별이 무슨 맛인지 알아. 우리 아들이 한 건 무조건 맛있으니까.

혼니

사평이 말했다

엄마, 바다 화났어?
아직 화났어?

사평은 난생처음
바다 보고 꽃게 보고
꽃게처럼 옆으로 걷다가 모래사장에 꽃게를 그리고 그 순간
죽을 때까지 기억하게 된다
그날 내 가슴에
남들은 모르게
슬픔이 밀려왔다 밀려가지 않았지
아직 어린 나이에 망망대해의 진리를 알 수 없을 텐데도
사평은 짐작했다

엄마, 엄마 냄새는 너무 예뻐.
아직, 예뻐.

사평은 파도가 높아
부모가 신선해물탕집에서
간장에 고추냉이를 너무 많이 풀어서
알을 먹다가 눈물바람으로
휘청거리는 걸

보고
들었다

여보, 이맘때면 자꾸 현이 오빠 생각이 나
그 오빠가 그렇게 쉽게 갈 오빠가 아닌데 어쩌다가 그리
쉽게 가냐 가길
여보, 저기는 참 어두컴컴하다 보이는 게 없네
여보, 이맘때면 자꾸 현이 언니 생각이 나 그 언니 그렇게
쉽게 갈 거면서 뭘 그렇게 어렵게 살았을까
여보, 우리는 모두 연약해 앞뒤가 꽉 막혀서

부모가 소주잔을 들고 우두커니 창밖을 보는 사이에 사
평은
펄펄 끓는 해물탕에서 꽃게를 꺼내려다가
눈물이 터졌다
인생의 뜨거운 맛을 보았다 처음으로
부모는 사평 때문에 바다에서 멀어졌다
자러 갔다
꿈에서도 미더덕을 씹어서 입안에 물이 가득했다

엄마, 화났어?
아직 화났어?

사평은 부모가 신선하게 잠든 사이에
깨어나서
햇빛 창가에 앉아서
부모가 그리워하던 이와 대화했다
너도 부모 되어 알리라
사평은 놀라 검푸른 바다를 마음에 엎지르고
커나가리라
그땐 몰랐으나
사평은 부모의 슬픔
냄새를 그때부터 잊지 못했다
두 손에 얼굴을 묻었다
처음이었다

서정

홍수 보아라
어제 네가 보내준 가을을 잘 받았노라
어디서 이런 가을을 찾아서
보냈을까
그 가을에 언뜻
푸른 염소 한 마리를 넣고 싶더구나

그러나
넣지 않았다

홍수야
한날 밤에 말이지
마음이 결려서 자다 일어나 냉수 한 대접을 마시고
파밭으로 나가 영원히 걸었다
파밭에는 파
파꽃 사이에 다리가 셋
뿔이 반짝이는 것이 엎드려 있기에
멀리에 놓아주었다 가지 말라고
나는 파다 나는 파다
눈을 뜨니 내가 정말 파가 되어 누웠고
파 하고 입을 벌려놓았다
듣고 싶지 않아서
홍수야 이 파가 그런 파다

맛있게 먹고 살다가
잘 가자
이제 우리 잘 가는 게 뭔지 알아야지 않겠니
너무 몰랐으니까

그러나
한둘은 모르는 채로 갔다

나는 아직도 네가 깊은 물에 빠졌던 때를 산다

물을 많이 마셔서 눈을 못 뜨고 만
너를 내가 얼마나 가여워했니
말수가 줄어든 내가
밭에 나타날 때마다 내가 얼마나 너를 붙잡아뒀니
말을 붙여가면서
밧줄을 써가면서
그때는 홍수야
염소가 된 너를 내가 몰라봤다
마음을 걸 나이가 아니었잖니
깡말라서

그러나
이제는 걸 만도 하지

그건 이미 우리 것도 아닌 것

홍수야
어디서 이런
가을로 또박또박 걸어와 빛나는 걸
내가 보는 것일까
네가 보는 것일까

동계

나고야횟집에서 나와 두 사람 눈 내리는 강원도에 가기로
했다 수복아 눈 내리는 강원도에 뭐가 있어서 학수야 눈 내
리는 강원도에 두고 온 게 있다 두고 왔다니 두고 왔다 1392
년에 무너뜨리고 도읍하여 세웠다 너는 조선 사람이구나 두
사람 조선의 겨울 산으로 갔다 슬픔의 무 뿌리가 묻힌 고랭
지 밭을 지나서 한때 그들 부모가 아들딸을 낳고 기르기 위
해 멀어졌던 것에 가까이 다가서서 두 사람 컴컴한 땅에 불
을 지폈다 열정 있다 우리 눈이 많이 오는 곳에서 흔들리고
눈이 많이 오는 곳에서 멈추는 사람 이야기를 해줄게 두 남
자가 사랑에 빠졌다 한 사람이 죽었다 그 허깨비가 한 사람
을 자꾸 찾아와서 한 사람은 그에게 하얀 털을 덮어주었다
그 털북숭이가 한 사람의 심금 이제 더는 허깨비가 아닌 허
깨비를 따라 동굴 속에 들어간 한 사람을 찾기 위해 한밤 마
을 사람들이 횃불을 들고 산산이 조각났다 수복아! 수복아!
횃불이 겨울 산을 뒤덮고 마침내 불붙은 겨울 산은 더는 겨
울 산이 아닌 채 눈은 다 녹고 그 물이 산 아래로 흘러가 강
을 이루고 그 강을 따라 사람들이 모여 살았다 건물이 세워
지고 사탄의 권세가 등등하고 돈 때문에 사람을 땅에 묻었
다 그제야 사람들은 횃불을 들고 겨울 산에서 내려갔다 21
세기였다 아직 옛날 옛적 동굴로 남은 곳에서 한 사람이 허
깨비와 눈을 맞추고 흔들림 없이 눈을 맞았다 동굴에 눈이
라니 동굴의 눈이다 계속 눈에 파묻힌 한 사람과 짐승의 뼈
를 찾은 건 현대 문명이었다 한 사람 뱃속에 든 것이 사랑이

라고 밝혀냈다 영원한 사랑이로구나 학수가 불붙은 것을 들고 산의 오장육부로 들어가 토끼 한 마리를 구해왔다 두 사람 토끼를 꼭꼭 씹어먹고 눈을 꽁꽁 뭉쳐서 토끼의 형상을 만들었다 버쩌 두 알을 눈에 박았다 토끼가 깡충깡충 한 사람이 기다리는 동굴로 뛰어가고 토끼가 눈밭 위에 남긴 물질이 현대적이었다 언젠가는 우리 다시 만나리 어디로 가는지 아무도 모르지만 수복이 읊조리며 열불 속으로 눈을 던졌다 불꽃이 화르르 밤하늘로 피어오르고 학수는 토끼를 기쁨의 산물로 삼았다 두 사람 서로를 바라보다가 내가 사람이냐 네가 사람이냐 내가 토끼를 하겠다 한 사람이 말하자 한 사람이 너를 잡아먹겠다 단호박일세 자네 끝낼 거면 화끈하게 끝내자 두 사람 불씨를 각자 호주머니에 챙겨넣고 조선의 겨울 산을 거기 그대로 둔 채 산에서 나왔다 조선의 불이 현대 문명 속에서도 타올라 흰 연기가 자욱했다 하얀 털을 뒤집어쓴 한 사람이 잠에서 깨어 동굴을 빠져나왔다 수복아! 수복이구나! 마을 사람들이 기침하는 수복이를 향해 횃불을 던졌다 헛것을 태워버리려고 불꽃 위로 하얀 눈송이들이 떠올랐다 진실의 기포가 수복의 입술에 맺혔다 인제 그만 강원도로 가자 내 오장육부가 거기 있다 나고야횟집에서 나온 학수가 부모 모신 곳을 향해 큰절을 두 번 올리고 천천히 강원도에 들어섰다 학수야 수복이가 허깨비의 말로 학수를 부르고 학수는 단번에 알아채버렸다 우린 아직 흔들리고 이야기되고 그렇게 겨울이 지나갔다

춘양

봄꽃이라 물을 많이 먹어요

형, 이곳은 봄기운이 완연합니다
사람이 하나둘 죽어나가고
꽃이 천지사방으로 번져나가고
그곳도 그런가요
그곳은 죽음뿐이겠죠
멋져라!

형이 이승 떠나
저승 사람 된 지
일 년이 다 되어갑니다
공무원 시험 합격은 에듀윌
형이 동주민센터에서 일하다 갈 줄 몰랐다는 사실이
사실
인생의 수수께끼
대추리에서 만났던 형이
미군기지 이제는 평택 시대
미군무원 렌탈하우스 분양 소식을 알려왔다는 점은 말해
주지요
낀층의 미래란

사람이라면 누구나

기쁨보다 슬픔의 발색이 선명해지는 계절을 건너가지요 —

이 년마다 한 번씩 이삿짐을 싸고
무릎 꿇고
눈물, 네 속셈 모르지 않아
서울에 이렇게 집이 많은데 나 살 집 하나 없네
개 짖는 소리
개의 개 같은 삶과
천변 풍경
오리의 오리 같은 삶과
절이나 가서 우두커니
반가사유상의 반가사유상 같은 삶
자식밖에 모르는 부부의 따스함과
그 자식이 저지르는 과오와
불포화지방산이 풍부한 오리주물럭을 먹고
개와 산책하고
흙에서 흙으로 돌아가는 삶
현아, 인생이 만만하지
새벽에 협박당하는 삶
아침에 기겁하는 삶
가해자는 없고 피해자만 있는 삶
형이 꿈꾸던 형 같은 삶

가사와 육아는 나 몰라라 하는 새끼가
계급이니 노동이니 투쟁이니
시 쓴답시고
형수와 술잔을 기울이던
봄 햇살 꽃 나무
피 땀 눈물
방탄보다 소찬휘에게 정이 가는 건
눈 깜짝하면 저승 땅을 밟는다는 생각은
나이 탓일까요

살아생전
죽지 못해 살고 있느냐고
형에겐 한 번도 물어보지 못했습니다

그렇게 민중을 노래하더니
형은 한 줌 재 되고
재 되기 전에 중년 남성 되어
노래방 끝 곡은 꼭 말 달리자
월요일엔 원래 한잔, 화요일엔 화끈해서 한잔, 수요일엔
수시로 한잔, 목요일엔 목에 찰 때까지 한잔, 금요일엔 금
방 마시고 또 한잔, 토요일엔 토할 때까지, 일요일엔 일찍
부터 한잔
공무원 철밥통이 간경화가 웬 말이냐

각성하라 각성하라 각성하라

형
저는 이제 남자와 같이 살지 않고
개 한 마리에 의지합니다
그 생물 앞에서 가끔
참을 수 없어
뚫리고 싶어
애널 자위를 하는데
그럴 때마다
허공을 향해 짖어대곤 합니다
하루종일 그대 생각뿐입니다
이소라가 부른
봄
개의 맑은 눈동자를 보면
침을 뱉고 싶습니다
형들에게

좋니?

코로나19 때문에
한 시간 늦게 출근하며
아파트 화단에 떨어진

꽃잎들 주워 가슴에 확
뿌렸습니다
야생이 주는 위로라는 것도 있지요
요즘엔 밤낮으로
먼 산 먼 바다 먼 사람을 자주 생각합니다
활활 타오르는
멀리 있는 시를 원해서
우주적 상상력이라 하는 말에 고갤 끄덕인 적도 있었습
니다
옥수수의 기원은 그런 시였죠
형이 좋아했던 시
태초와 만물과 문명과 상생과 생명이 하나로
어우러져 어허둥둥 춤추는 시
스무 살엔 아무나 그런 시를
거짓부렁을 쓰지요
형은 똥을 싸고 얼굴을 붉히고 의정부북부역 광장과 주한
미군과 아, 사랑, 이루어질 수 없는 사랑에 관해 썼어요 형
에겐 그것이
진실한 것이었나요
그때 우리
진정성 타령 좀 했는데
인문관 잔디밭에 신입생들을 앉혀놓고
조껍데기 막걸리 좀 마셨는데

사발을 돌리면서
시란 말이야
끝나나 싶으면 끝나지 않고
계속하려나 싶으면 끝나는
껍데기를 보면
형은 꼭 한마디 하셨어요
현아, 그렇게는 살지 마라

끝을 사선으로 잘라서 꽃병에 꽂아주세요

— 뽕

— 안선생님
어제 먼 길을 마다하지 않고
제 꿈에 나타나주셔서 고맙습니다
선생님 앞에서는 언제나 생명줄을 놓고 싶지 않아요
꿈의 조붓한 숲길을 걸으며
선생님은 말씀하시었어요
내가 아는 승훈이는 그런 사람이 아니야
현실 속에서 옹앵옹
속병이 나서 종아리가 붓고 썩을 것으로 손목을 얼마나 그
었는지 선생님은 잘 아시죠
아니요 모르실걸요 저는 손목을 그은 적이 없으니까요
그건 모두 제 마음의 일
마음은 헛것인가요?
선생님과 이가 딱딱 부딪치는 계곡물에 발 담그고 도토리
묵에 동동주를 마시다가
지리멸렬로 하산하고 싶어요
선생님은 나쁘다고 하실까요?
은백양의 숲을 빠져나오면 상전벽해
알면서 속고 살았어요
속이고 살았어요
인간사 한철 장사라지만
제아무리 가슴근육을 단련해도 두터워지지 않았어요
부항을 그렇게 떴는데도

—

마음에는 사시사철 잔설
저는 이 근육을 다 어디다 쓰려고 모았을까요?
좋은 집 뺏기기 전에
지식노동으로 돈을 벌고
지하철 좌석에 앉으면
구두에서 뒷발을 꺼내 땀
식히는 일을 삼가지 않았습니다
구린내를 자랑스러워하지 않으면 애가 타지요
인생을 가련히 여겨 밤낮으로 성실히 임하던
스승님
선생님이 기숙학원에서도
음주를 일삼지 않고 아침마다 기상나팔을 불 때 저는 알
아보았습니다
선생님의 심지를
그 심지에 불붙이면 얼마나 장엄한 불꽃이 필지
심지가 짧으면 짧은 대로 길면 긴 대로 인생은 녹아 없어
지지요
함호 형을 보면 알죠
그 새끼가 애들한테 한 짓을 떠올리면
지금의 부귀영화가
다 죗값이란 생각이 들어요
한번은
함호 형이 연락을 해왔습니다

사과하더라고요 손발이 오그라들어서
형 세상을 참 만만히 보는구나 다물어
함호 형은 이제 박사가 되었다지요
아, 선생님
꿈에서 하신 말씀을
오늘은 옛날 대학노트에 적어두고
두고 보았습니다
문학 한다는 놈이 어떻게 그렇게
한 치 앞을 못 보았을까요?
영롱한 눈을 하고서
거슬러올라가면
역시 선생님의 중앙이 보입니다
선생님은 지금도 눈발이 잔잔하면
메로구이에 청주를 마시곤 하겠죠
그때 그 산골에서
선생님이 눈이 퀭한 이들의 입속에 넣어주던
진리의 알을 잊을 수가 없어요
양보단 질이다
가늘고 길게 살고 싶은 저를
선생님은 갸륵히 여겨
뱃살을 주셨습니다
어려서도 선생님은 모욕을 유발하지 않고
조국의 무궁한 영광을 위하여

기력을 쓰지 않으셨지요
그때 선생님을 흰
눈속에 파묻고 내려와서
저랑 미주랑 우영이랑 승도랑 울기도 많이 울었습니다
선생님이 네발로 눈밭을 헤치고 나와
인간 무리를 피해 다닐 때
봄의 뜨락에는 아무도 남지 않았죠
다들, 뛰쳐나갔잖아요
데모크라시
우리 가슴 잃었습니다
안선생님 지금도
그곳 푸른 뽕밭엔 진리가 알알이 맺히나요
저는 때때로 제 가슴에 왼손을 얹고
미어터지는 근육의 애욕을
참지 못해
엉덩잇골에 오른손을 넣었다 빼서
냄새 맡곤 합니다
재수하여 광명 찾자는 말은 왜
지금껏 잊히지 않는 걸까요
미주는 선우를 키우며 뉴질랜드에 살고
우영이는 연락이 끊긴 지 오래
승도는 하직하였습니다
이토록 우리는

— 인간의 탈을 쓰고
  숨쉬고 있습니다, 선생님

—

3막

신방에 들어가 표주박 술을 주고받고

형들의 나라

형들은 이제
밥상을 앞에 두고 흥분하지 않습니다
현미밥을 꼭꼭 씹어먹으며
그런데 말입니다,
미제 살인사건을 추리하고
달콤한 건 건강에 나쁜 것
축의와 조의를 챙기고
허리디스크와 퇴행성관절염으로
죽음이라는 추상을 마다하지 않습니다
아이도 없고 애비와 애미도 없고
오늘 볼 수 있습니까
같은 부대 사람 만난 적도 있습니까
색출당합니다
내일은 몸을 섞자
형이 말하면 형은 물러나
말하고 형은 명태젓갈을 밥 위에 올리고
체첸은 지옥이네
밥상을 물리고 설거지는 당신 차례
이야기는 멀었습니다
이리 와 형이 이야기에게 말했습니다
가까이에서 보고 싶다고 그러나
이야기는 대체로 가까울 수 없어서
읽기에 적합합니다

형들은 긴 이야기일까요, 짧은 이야기일까요
제목,
사랑은 창밖에 빗물 같아요
난 지금 후회 안 해요
형이 가라오케에서 노래하다가
먼 훗날 언젠가 만나도 만나겠지 싶은 한 사람을 만났지
뭡니까
이게 뭡니까
형은 그 사람 이름을 여태 기억하고 있지 뭡니까
재가 수환이야
형, 저게 수환이 형이라고
그래, 수환이의 눈과 코와 입이잖아, 남아 있잖아
형, 우리는 늙어서까지 안면을 세우며 살진 말자
무너져야지
형들은 택시에서 무너져내려서
택시기사와 한판 하였습니다
사내새끼들끼리
코피가 터져서 뜨거운 가슴이 되어서
포장마차에 앉아서 국수를 말아먹었습니다
가늘고 길게 살 거면서 지난날 우리
반지 하날 못 맞췄을까
형들은 소주잔을 주거니 받거니 하다가
포차에 남은 마지막 손님이 되어

구슬프게 쓰러졌습니다
눈을 뜨자 모든 게 한결같고
형들은 유천냉면에서 물냉 둘 부추전 하나 시켜먹고
토요일 내내 죽어 지냈습니다
나는 썼다
남 얘길 꼭 지 얘기처럼 쓰는 애가 있고
지 얘길 꼭 남 얘기처럼 쓰는 애가 있어요, 형
형이랑 제가 처음 한 일이 복정사거리에서 코다리찜을 먹
은 거였잖아요
군복 벗을 생각을 왜 못했을까요
더러운 걸 걸치고
신나게 웃다가 대실
형이 두 팔 벌려 형의 나라를 보여줘서
저는 그 나라에 갔죠
어리석은 자들이 사는 진리의 나라
그 좋은 나라에서 보았어요
형이 심어놓은 옥수수를
길고 거친
알갱이가 실한
비유도 좋지요
여름이면 옥수수를 삶을 줄도 아는 사람이 되자
그런 말을 들으면
형의 나라는 고요한 연기 속에서

시커멓게 타들어가고
저는 불씨를 무서워하지 못하게 되더라고요
형이 나가고 저는 남아 손톱을 깎으며
형의 나라를 떠올리며 흥얼거렸습니다
당신과 내가 좋은 나라에서 그 푸른 동산에서 만난다면
다른 부대 사람 만난 적은 있어요,
복귀했습니다
형이 좋았던 건 다 잊고 포상에서 매질할 때도
저는 좋아서 끙끙거렸습니다
세계는 넓고 우리는 상명하복으로 이어졌습니다
제대하고
형은 왜 두 번 다시 제게 형의 나라를 보여주지 않았을
까요
저는 그토록 늠름했는데요
형을 찾아갔습니다
여름비 오고요
속옷까지 젖었는데 라페스타 나고야횟집에서 형이랑
세꼬시에 소주를 나누어먹었는데
형은 이제 민간인이었습니다
그사이에 뭐 그렇게 인생 쓴맛을 많이 봤다고
입만 열면
사내새끼가
형, 그날은 비가 유난히 세차게 쏟아져서

우산을 함께 써도 아무런 소용이 없고
모든 저녁이 금방이라도 물에 젖어서
저는 푸른 동산에 가서 발가벗고
형의 겨드랑이와 사타구니에 코를 박고 형이 제 다리를
들면
전립선의 쾌감을 기다렸다가
고백하려고 했습니다
제대하면 형의 나라에 뿌리를 박고 싶어요
입만 열면, 형
형이 화장실 간 사이에 제가 형 지갑에서 십삼만원을 빼
들고 나온 데는 다 그만한 이유가
제가 1사로, 2사로, 3사로에서 군번줄을 붙들고
형 앞에 무릎을 꿇었던 게 몇 번입니까
형은 지금도 보징어 냄새를 입에 달고 사는 씹새끼겠죠
형, 다시는 마주치지 말자
잠에서 깨어보니
형이 옆에 누워서
살아났어?
어제 죽었습니까
어제 죽었지
죽어서 어디까지 갔다 왔습니까
저승 너머까지 갔다
끝에서 끝을 갔군요

보았습니까
보았지
뭐가 보이더랍니까
아무것도 보이지 않는 게 보였지
그것이 님의 인생
일어나, 밥 먹자
형들은 밥상을 앞에 두고 마주앉았습니다
쌀밥을 국에 말아서
후루룩 뜨다가
과연 여름 한나절이 선선해지는 것을 느끼다가
형, 어제 꿈을 꿨는데
여름비가 떨어지더라
홍훈이 만났더라 너
형이 봤어
봤지
홍훈이가 나고야횟집에서 세꼬시를 사주고
봤구나
들었지
다 들었지
형, 홍훈이 형
재광아, 우리는 너무 늦었다
두 사람은 김칫국을 끝끝내 다 마시고
살아났습니다

나는 썼다
형
눈 좀 떠봐
바다에서 형은 처음으로 남자와 단둘이 숙박하였습니다
가을이었습니다
이곳까지 자전거를 끌고 올 생각을 했다, 내가
형은 이제 막 복학한 형을 형이라 부르지 못하고 선배라
고 불렀습니다
선배는 종아리에 알이 있고
그 알이 무슨 알이냐면
어린 시절 논에 모판을 나르다가 생긴 알이지
농사꾼의 알
자식의 알이지
형은 농사꾼 자식의 장딴지를 마사지해주다가
다리에 힘이 있으면 못할 게 없지요
남자는 알이다
선배 제 알도 죽여줘요 형이라 불러도 돼요
형은 선배를 모시고
양양에서 알 농사 지을 생각
그 알이 어떤 알이냐면 어리석은
사랑의 뽕알이지요
형은 선배의 우람한 숨소리 곁에 누워
뽕알은 반음지 작물로 햇빛 양이 중요합니다

해가림이 되는 뽕알집 뼈대를 올려보지요
눈을 감았습니다
선배가 눈을 뜨고 형을 보았습니다
형 눈 감아요
너도 감아
저는 감고 있습니다
나도 감고 있지
형들은 가을 바다에서 잠이 든 채로
잠시만, 살다가
선배는 자식농사를 짓고
형은 자식도 없이 늙어서
두 사람은 영영 헤어졌습니다
세웠구나
세웠습니다
형들은 자전거를 타고 다시 인생의 북으로 향해 갔습니다
형이 눈을 뜨자 선배가 말했습니다
오래도 잔다
얼마나 잤어요
백만 년
세상이 변했습니까
나도 늙었지
저도 늙고요
우리 여기서 끝내자

여기서요

여기서

그리하여 형들은 그 해변 민박에 녹슨 자전거를 버리고

버스 타고 집으로 돌아와

오랫동안 행복하게 살았습니다

형, 눈 좀 떠봐요

형이 눈을 뜨자

해가 떠오르고

꿈꿨어요

남자랑 단둘이 잔 건 처음이다, 소름

형, 형은 그런대로 살다가 그런 데로 가겠죠

무덤이 크면 슬픔이 크고 무덤이 작으면 기쁨이 오래간다

형이 하는 말은 모두 가슴에 담습니다

우리가 이토록 어리고 어리석은 가운데

세월을 보냅니다

두 사람은 자전거 일주를 통해

두 사람 달라도 너무 달라

형은 두 번 다시 형을 형이라 부르지 않고

선배라고 가리켰습니다

그 선배가 벗님들을 두고 색달해변에서 익사한 지도 이제

십오 년이 다 되어가는데

형은 지금도 가을이 되면

숨소리가 우람해져서

슬픔을 탈곡하였습니다
형
자면서 울지 좀 마
나는 썼다
저는 여기서 타요
형은 여기 남는다
홍훈이 형 새롭게 사세요
얼른 민간인 되라
다음엔 군복 벗고 만나요
우리 여기서 끝내자
여기서요
여기서
그리하여 형들은 서로의 나라에 철조망을 치고 살았습니다
형은
졸업하고
지혜로운 자들이 넘어오지 못하도록
취업하고
새를 날려 소식을 주고받지 않도록
전세를 얻어
보리 씨앗을 뿌려 꾹꾹 밟다가
부모를 여의고
혀를 깨물다가
강화도 춘계워크숍에서

같은 하늘 아래 살고 있다는 생각만으로도 나는 좋아
형은 노래하고
승진하고
가두리양식으로 기쁨을 잡아서
지져먹고 볶아먹고 끓여먹었습니다
그러는 사이에
인류애를 잃고 넘어져서
울었습니다
형은 털보 며느리 뉴스를 보다가
턱수염이 자라서
속에서 눈물이 차올라서
수문을 열었습니다
흘러가도록 두었습니다 과장이라는 신분도 잊고
전했습니다
아직도 번호가 그대로인지
누구신지
재광아, 형이야
형들은 그제야 철조망을 거두고
기쁨의 판문점에서 선언하였습니다
비가 오나 눈이 오나 검은 머리 파뿌리 되도록
인생이 그토록 허술한 것이라면
우리에게 용기가 왜 필요하겠어요
홍훈이 형 다시 오겠습니다

형은 버스에 올라 차창 밖으로 내려다보이는
형의 얼굴을 보았습니다
어리석구나 어리구나 우리는
형은 형이 술에 취해서
형의 나라로 와 형이 기다리는 나라로 와
형이 눈물을 탈탈 털어서
젖은 군복 소매로 형의 남자 새끼를 닦아주었습니다
형 사내새끼가 되려거든
불알을 꼭 움켜쥘 줄도 아는 사내새끼가 되자
형은 버스 창문에 붙은 형의 얼굴을 물끄러미
형은 굵은 멸치 한 줌, 김치 한 포기를 싹둑 잘라 넣고
마음이 구구 끓는 사이에
잠든 형의 얼굴을 바라보았습니다
포상에서 곡괭이 자루로 그렇게 때려도 웃던 안면이지요
불침번을 서다가
후시딘을 관물대 서랍에 넣었다
다시 들고 나오다
우리 사이 너무 멀어 혼자서
해변의 윤곽을 걸었습니다
끝에서 끝까지 갔다 오는 사이에 보았습니다
잠든 남자들을
인생을 여기까지 끌고 와서 어쩔 줄 몰라
모래사장에 쓰다 만 이름이 보였습니다

인생 희로애락을 열일곱에 다 알아서
그후로는 머리만 굵어졌습니다
부모 알기를 우습게 알고
사랑의 뺨을 세차게 때렸습니다
얼씬도 못하게
학교에선 우정의 팔다리를 쓰고
바깥에선 정신을 갈고닦았습니다
자연스럽게 동서울시외버스터미널에 가서
정신의 엑기스를 분출하였습니다
인생은 맹물
잠든 두 남자 사이에 누워서
밀려왔다 가는
두 남자의 현실을 체험하였습니다
선배, 형 이렇게 가는 게 어딨어요
가고자 하면 가고 오고자 하면 오는 인생이라면
우리에게 왜 용기가 필요하겠니
여기서 끝내자
여기서요
여기서
눈물 파도가 세 사람을 적셔서
둘은 가고
형은 남아서 후회 없는 인생도 있나
형의 정수리를 쓰다듬어주었습니다

재광아
자면서 웃지 좀 마라
버스는 떠나고
두 사람은 나뭇잎처럼 떨어졌습니다
사랑의 나락이 끝도 없이 펼쳐졌습니다
나는 썼다
거리엔 흰 눈이 쌓이고 내 가슴엔 사랑의 슬픔이
형은 바다거북의 일생을 지켜보다가 알 수 없이
벗님들의 노래를 읊조렸습니다
지금 바다거북 무리가 알을 낳으러 해변으로 올라오는 중
입니다
형은 세계 평화의 지각변동을 목격하고
과연 알은 거북이에서 벗어나
거북이가 될 순간을 맞고
형은 과연 알이란 위대하다 탄복하다가
상어의 이빨을 피하지 못했습니다
피 흘리는 바다거북이 해변에 밀려와 꼼짝없이 죽음에 붙
들린 것을 보고
형은 평화 속에서 자식을 생각했습니다
형은 어떤 자식일까요
부모가 시도 때도 없이 용변을 보자
형은 깊은 시름에 빠져
무덤으로 들어가 소리소리 질렀습니다

부모 낯빛은 그 어느 때보다 상쾌하고
자식에게 최후의 복수를 가하여
우쭐하였습니다
인생은 똥물
형은 부모를 무덤에 모시고
며칠간 합장 체험을 하였습니다
온 식구가 한자리에 눕는 게 얼마 만이냐
누울 자릴 보고 발을 뻗으세요
부모와 자식은 미래 체험을 마치고 나와서
두 번 다시 말을 섞지 않았습니다
형의 자식은 어떤 자식일까요
지구에 거북이 처음 등장한 시기는 이억 년 전 중생대였
습니다
형은 매혈하여 번 돈을
부모 농협 계좌로 입금하였습니다
서로 말이 없는 가운데
부모는 늙고 자식도 늙어 돈은 오가고
그 돈으로 부모는 삼겹살을 구워먹고
헬리코박터균 박멸을 위해 마늘 진액을 배달하여
김치냉장고에 고스란히 두었습니다
부모에게도 사랑스러운 것이 있어
앙팡이라고 불렀습니다
꼬리를 흔들고 콸콸 짖고 까불다가 이가 다 빠지고

눈이 멀고 다리를 절뚝이다가
때때로 자신의 생애를 돌아보기 위해
논두렁에 코를 박고 머물다 오는
형은 형의 자식은
더러워진 것을 부끄러워하지 않는 것이라고
형은 어느 날 앙팡이 홀연히 사라졌다가
부모 꿈속에 나타나서
원기 회복에 도움이 되어주었음을 알고
형은 간절히 형의 자식이
부모가 되기를 원하였습니다
형은 될 수 없어서
자식만은 되기를 고대하였습니다
갈라파고스땅거북의 일종인 외로운 조지는 사람들의 눈
앞에서 멸종했습니다
형, 눈 온다
저게 외로운 조지래
거북이도 외롭구나
세상 외롭지 않은 건 없다
외식합시다
형은 글을 팔아 번 돈으로 돼지갈비 먹기를 즐겨
비가 오나 눈이 오나
형과 함께 사냥하여
동굴에 불을 피우고

발골하여 고기를 삶고 뼈대를 굽고 뜯어먹고
잠들 때까지 동굴에 벽화를 그렸습니다
어느 세월에 이렇게 문명의 이기를 누리는 이들이 되었
을까
형들은 손모아장갑을 챙겨들고 집을 나왔습니다
눈 내리는 거리에서
두 사람은 사랑의 슬픔을 느낄 새도 없이
딸이었으면 좋겠는데
딸이 좋겠지
조선시대로 들어갔습니다
그 많던 거북은 어디로 갔을까요
빈집에 남은 형들은 형들을 기다리며 시청을 계속했다
나는 썼다
형들은 눈 내리는 거리를 거닐면서
형들을 스쳐지나가며
각자 인생을 회고하였습니다
형은
지난가을 색달해변에서 보았던 노란 나비 한 마리에 관해
형은
부모의 기쁨에 관해
재광아, 너는 여전하구나
형은 사람됐네요
어렸지

어리석었죠
다시 올 줄 알았지
용기가 없어서
인생은 우물쭈물
눈이 좋네
늙어서 눈이 좋죠
멀리 내다볼 줄도 알아야 하는데
보고 싶었어요
훅 들어온다
사람됐죠
이게 형이 본 나비다
홍훈이 형, 이 개새끼야
이게 제가 본 기쁨입니다
형들은 사랑의 슬픔을 구워서
형이 사랑에서 슬픔을 떼어
형의 흰밥 위에 올렸습니다
밀려오는 슬픔은 개에게 주자
개가 되던 인생도 좋았으나
이제 개는 되지 말자
형들은 사랑과 슬픔의 냄새가 밴 민간인의 옷에 코를 박고
다른 부대 사람 만난 적도 있어
있죠
어디까지 갔어

갈 데까지 갔죠
그 나라는 좋은 나라였니
제가 발가벗고 뛰놀 푸른 동산은 없었어요
형은 저의 나라를 언제 보았습니까
그 정수리를 내가 얼마나 내려다보았게
형들은 한 이불에 누워서
동굴 속에서 밤새 벽화를 그렸습니다
형 과장들은 원래 다 그래요
원래 다 그래
얼마 벌어요
부모에게 돈을 보내
저는 지금껏 부모의 등골을 빼먹어본 적이 없어요
사내 밴드에서 기타도 친다
이주원이라고 알아요
알지
좋아요, 우리들의 천국
기다려
홍훈이 형 우리 여기서 끝내요
여기서
여기서
형들은 벽화를 더는 그리지 않고
입을 닫고
입술을 벌리고

혀를 넣고 움직였습니다
흘러내리도록
수문을 열었습니다
흘러가도록 두었습니다
형이 검지에 젤을 발라 형의 항문에 밀어넣었다가 뺐습
니다
다음에는 두 손가락을
그다음에는 자유, 평등, 인권을 넣고 천천히 돌렸습니다
형들은 거기서 서성이지 않았습니다
우리 사랑을 멈추지 말아요
형들은 과연 생각의 걸음을 멈추지 않고
끝까지 가서
눈사람이 되었습니다
거리마다 울려퍼지는 캐럴을 들으면서
두 사람은 고요하고 거룩한 밤에서
빛나는 곳에 코를 박고 혀를 넣고
땀흘리고
환희를 잘도 빨아먹었습니다
형, 그 많던 나비는 어디로 갔을까요
재광아, 우리에게도 부모가 있다
형들은 드디어
한방으로 들었습니다
주저 없이 시작했습니다

나는 썼다
너 그대로더라
누구신지
사랑은 창밖에 빗물 같아요
수환이냐
스완이다
너 세월을 정통으로 맞았더라
홀딱 젖었지
계속 일은 하고
은행사거리 대물텀이 나야 나
거기도 세웠니
어딘들 못 세울까 요즘 세상에
적당히 세워 애들 무서운 줄도 알고
애들이 무섭지 한번은 은행사거리 스벅에서 학부모들을
만났는데 다들 자식한텐 없는 눈코입이더라 외노자들이 들
락날락하면 집값 떨어진다고 넷이 손뼉 치며 인사하더라 애
들이 무섭지 우리 볼까?
그래서 보자 했어
했지
봤어
봤지
나 안 물어봐
응

형, 나 존재감 없나봐
너는 쓰는 사람이잖아
나는 썼다, 형들의 사랑
그들은 서로를 사랑하지 않습니다
형
수환이 형이랑은 왜 만났어
갑빠
형 가슴 좋아해
가슴 싫어하는 사람도 있나
열었어
열었지
귀를 대고
혀를 대고 열었지 열린 가슴으로
드러내더라, 아기자기한 비전을
은행사거리에서 밤낮으로
힘쓰는 사람이 미래였구나
미래에 와 있다 우리
형 나는
미래에 형을 만날 줄 알았다
형도 알았지 형에게도 미래가 있다고
마지막엔 잘 닫았어
아니 열어뒀지 유리창을 끼워줬지 화사하라고 존재하라고
형은 존재감이 있었구나

형은 피를 파는 사람
나는 형의 핏속에서 사는 게 좋더라
이번엔 낙지를 넣었다
휘젓고 다녔겠다, 행위를
예술이었지
수환아, 안 보는 게 좋겠다
빨리도 답장한다 그래 잘 지내 강북 일틱
수환이 형은 어느 때보다 가슴을 활짝
펼치고
이 밤 왠지 그대가 내 곁에 올 것만 같아
노랫말을 적었습니다 그리고
창림아, 운동하느라 힘들지
답장을 기다리며
형들의 사랑을 떠올렸습니다
형이 형을
만날 수 없는
존재감을
누구신지……
나는 썼다
형들은 형들이 돌아오길 기다리다가
심심하여 베란다로 나가
손을 잡고
뛰어내리고

올라오고
뛰어내리고
올라오고
뛰
어
올
라
추락사로 목숨을 잃는 재미에 심취했다
아직 멀었구나
아래에서 그 광경을 지켜보던
노부부가 혀를 차며
책으로 기둥을 쌓고 쌓고
쌓고
쌓고 쌓았다
마침내 벚나무를 훌쩍 넘어
지혜의 보고가 완성되자 노부부가
책기둥에 불을 붙였다
볼 만하구나
노부부는 불길 속으로 뛰어들고
뛰쳐나오고
뛰어들고
뛰쳐나오고
들고

— 나오고
아직 멀었구나
곁에서 그 광경을 지켜보던
어린아이가
모래집을 무너뜨렸다
지었다
두껍아 두껍아 헌 집 줄게 새집 다오
형들은 여전히 자식에 머물러
외식의 기쁨을 꺼트리려
한밤 놀이터를 돌고 돌고
형들은 베란다에서 그 광경을 내려다보다가
아직 멀었구나
형들의 침실로 들어가
잠시, 자연사에 돌입했다
형
형들이 사라진 곳에서
형들은 보고 먹고 자고 사랑을 나누고
다시 형들 곁에서 형들은 모르게 형들과 생활하고
형들이 종종 이야기를 예감케 하는 거야
여기, 우리가 있다
고스트 스토리니
영화 봤어
울었지

　—

형 우리 살아 있을 때
형들은 형들의 기척에도 아랑곳없이
계속하여 알을 깠다
밤새 서로를 향해 갔다
지울 것 지우고
남겨둬야 할 건 잘 남겨둬
형이 하는 말은 모두 가슴에 담습니다
형들은 창가에 앉아
라디오 켜고
시린 두 발 모으고
각자 알을 품고
눈 내리는 쪽에 귀를 기울이고
늦지 않았음을 그대 내게 말하여준다면
나는 썼다
지도를 펼쳤습니다
날은 폭해
눈은 녹고 두 사람
기사님 환영 아침 백반 가능
여수식당으로 들어갔습니다
뜨거운 보리차를 후 불어 마시고
북엇국 한술
서로의 밥 위에 오징어젓갈을 올려주었습니다
형은 오전 반차

저는 연차 썼어요 기다릴래요
어디 사내새끼들끼리
이때다
두 사람은 아껴둔 우리 사랑을 위해
단란한 가부장의 상 위로 올라가
바지를 내리고 빤쓰를 까고
똥을 쌌습니다
굵은 똥으로 냄새가 웅장하여
사내새끼 오금이 저려 놀라
자빠졌습니다
자빠지고 있네
형은 북엇국 무를 슴슴 씹어먹고
형은 형의 코를 보란듯이 깨물어주었습니다
복된 가운데 영광이 있으라
두 사람은 마음 지도에 동그라미를 그렸습니다
재광아, 이제 형은 두려움이 없다
홍훈이 형, 저는 임의 가슴이 좋아요
가볼까
가봐요
두 사람은 아침에
눈길을 헤치고 걸어가다
춤추고
노래 부르고

까불고 엉덩방아를 찧고
버스를 타고
뺨을 비벼준 후에
출근하고
귀가하였습니다
인생은 잠시 황홀하여
형들은 어젯밤 귓속말을 꺼내보았습니다
형, 형의 나라는 아직도 불타나요
비옥하여 진리의 곡물이 여물지 못하나요
형의 나라는 지금도 연기 속에 있고
선명하여 사랑의 짚불 냄새가 그윽하지
형, 저는 알뿌리를 가지고 있습니다
사랑의 알곡이 달리는 뿌리겠구나
형, 강원도에 가본 적 있어요
있지, 자전거를 끌고 고개를 넘어 바닷가에 갔지
어리석고자
거기 제 땅이 있습니다
나는 썼다
형들은 오랜만에
한 침대에 누워
봉우리를 들었습니다
봄에
산정호수에 갔잖아

—   인생에 관해서 이야기했잖아
피와 살이 되는 얘긴 안 하고
기원했잖아
세계의 안녕과 존재의 강건한 정신을
옛날 김일성 별장에서
사진을 찍고
기념하려고
우뚝 솟은 봉우리를
다리를 두드렸잖아
호수를 한 바퀴 돌다가
교황빵 사먹고
경건한 위장을 갖추고
입술을 맞댔지
두 번 다시 못 오겠지
형,
우리가 늙어서도 이토록 성실할 줄 알았다면
젊어서 용기낼 걸
핏속에 병을 키웠다, 예술이지
그 병에 카네이션 한 송이를 꽂으면, 산다
두려움 없는 사랑
당신이 성실한 사랑의 냄새를 맡고 싶다고 해서,
형들은 속삭였습니다
어제는 옛날 엽서를 꺼내 읽었어

독일에서 온 엽서였어
관철이의 엽서였어
천사의 형상이 그려진 엽서였어
독일 속담이 적힌 엽서였어
좋은 날씨는 천사와 함께 온다
형,
관철이에게도 관철이의 슬픔이 있겠지
관철이의 슬픔을 떠올리면
관철이의 형상이 아니라 관철이가 지닌 슬픔의 형상이 떠
올라
천사의 형상이
처음으로 천사에게 사람의 형상을 주입한 이는 누구였을까
학창시절에 관철이의 봉우리는 높고
구름에 가려져 있어서
그 봉우리에 올라가서
세상을 보고 싶었어
관철이를 품에 안으면
볼 수 없어서
우리는 어리고 어리석어서
관철이가 세상의 모든 것이 되던 때였지
그런 관철이가 끝 모를 세상으로 추락하여
검은 염소가 되었을 때
내가 그 염소를 내 곁에 묶어두려고 얼마나 애썼는데

하여, 친구여 우리가 오를 봉우리는
코인노래방 갈까 천원에 세 곡
형,
그건 어디서 튀어나온 겁니까
내 알이다
제 알은 아직 더 품어야 합니다
형, 죽지는 말자
주말에는 소래포구에 다녀올까
봐, 형들은 주말에 장례식장엘 다녀왔습니다
형을 떠나보냈습니다
형은 스스로를 손가락질했지요
질병 앞에서 누군들 손톱을 물어뜯지 않을까요
형들은 가슴을 열고
감춰둔 카네이션을 꺼내
형의 병에 꽂으며 속닥거렸습니다
언니, 벌써 언니 기갈이 그립다
언니 끼는 천연덕스럽고 열정적이었어
형들은 구겨진 육개장에 밥을 펼쳐놓고
맥주와 진미채를 즐겼습니다
잘 가요, 쥐며느리
그곳에서도
사랑의 뽕을 갈고닦길
형들은 어제도 오늘도 내일도

한방에서
알을 품고
잠이 들었습니다, 음음음음
나는 썼다
두 사람
한집에서 살았습니다
장엄한 소고기를 구워먹고
불멸 꽃게를 쪄먹고
영원 만두전골을 끓여먹은 후에
서로의 앞니를 걱정하여
치과에 진료 예약을 문의하고
베이킹소다를 물에 풀어 싱크대 물때를 제거하고
다이소에 가서 보풀 제거기를 사고
서로 귀지를 파준 후에
밤에
새치를 발견하여
뱃살이 겹치고
자식을 생각하다가
두 마리 길고양이를 집에 들이고
애정을 쏟아
부모에게 타박을 듣고
탄천에 나가 걷기 운동을 하다가
물난리가 나서

사람이 실종되고
뉴스에서 이런 문구를 보게 됩니다
너희 부모님은 너희가 이러고 다니는 거 아시니?
부모님이 널 낳은 걸 후회하겠다.
너희들이 태어난 거 자체가 재앙이다.
우리나라에서 떠나라.
인천에서 꺼져라! 인천을 넘보지 마라! 인천은 안 된다!
저것들 다 때려서 족치고 집에 보내버려야지.
소돔과 고모라 같은 재앙이 저들에게 일어나게 하소서.
내가 이성애자로 만들어줄 수 있다.
사랑하니까 반대합니다.
두 사람은
두 사람은
그날
밤에
소고기와 꽃게와 만두를 다 토했습니다
일요일에는 교회에 가지 못하고
월요일에는 아침 여섯시에 일어나 회사에 지각하고
화요일에는 퇴근하여 고양이를 매만졌습니다
수요일에는 목요일을 기다리고 목요일에는 금요일을 기
다리고
금요일에는 서너 번씩 사고를 당하거나 병에 걸려 죽을
것 같다가

토요일에는 차별금지법 제정을 위한 대행진에 참여했습
니다
들어봐
백금순 어머니
어머님이 좋아하시는 밤양갱을 보내니
맛있게 드시고 건강하세요
명절이면 상대 부모를 챙기었습니다
홍훈이 형
우리 이야기가 이렇게 펼쳐진대도 우리 만날까요
재광아
이제 형은 멈출 수가 없다
형들의 사랑
만날래
새롭게 태어나요, 나고야횟집 앞에서
형들은 이제
밥상을 앞에 두고 흥분하지 않습니다
영원 한 접시에 불멸 한 병
장엄한 초장
나는 썼다
뿌리
이것이 부모의 사랑 이야기이고
부모에게서 만들어진 이의 사랑 이야기이다
형 우린 짧을까요

길까요
두 사람 눈 내리는 강원도에 가기로 했다
겨울이 지나갔다
형들은 한집에서
이름에 담긴 의미를 알게 되고
혼령이 깃든 것들을 귀히 여기고
풀벌레 울고
구름은 가난한 호시절을 지나
전어를 굽고
바지락 삶는 냄새
쌀과 대추와 밤
만물의 축원 속에서
두 사람은 신방에 들어가 표주박 술을 주고받고
이를 첫날밤이라 하였습니다

김현 2009년『작가세계』신인상으로 등단했다. 시집『글로리홀』『입술을 열면』『호시절』『낮의 해변에서 혼자』, 산문집『걱정 말고 다녀와』『아무튼, 스웨터』『질문 있습니다』『당신의 슬픔을 훔칠게요』『어른이라는 뜻밖의 일』『당신의 자리는 비워둘게요』가 있다. 김준성문학상, 신동엽문학상을 수상했다.

문학동네시인선 162
다 먹을 때쯤 영원의 머리가 든 매운탕이 나온다
ⓒ 김현 2021

1판 1쇄 2021년 10월 10일
1판 2쇄 2021년 11월 30일

지은이 | 김현
책임편집 | 김영수
편집 | 이재현 김수아
디자인 | 수류산방(樹流山房)
본문 디자인 | 유현아
마케팅 | 정민호 이숙재 우상욱 정경주
홍보 | 김희숙 함유지 김현지 이소정 이미희
제작 | 강신은 김동욱 임현식
제작처 | 영신사

펴낸곳 | (주)문학동네
펴낸이 | 염현숙
출판등록 | 1993년 10월 22일 제406-2003-000045호
주소 | 10881 경기도 파주시 회동길 210
전자우편 | editor@munhak.com
대표전화 | 031) 955-8888 팩스 | 031) 955-8855
문의전화 | 031) 955-3578(마케팅), 031) 955-2679(편집)
문학동네카페 | http://cafe.naver.com/mhdn
트위터 | @munhakdongne
북클럽문학동네 | http://bookclubmunhak.com

ISBN 978-89-546-8271-8 03810
* 이 책의 판권은 지은이와 문학동네에 있습니다. 이 책 내용의 전부 또는 일부를 재사용
  하려면 반드시 양측의 서면 동의를 받아야 합니다.

잘못된 책은 구입하신 서점에서 교환해드립니다.
기타 교환 문의: 031) 955-2661, 3580

www.munhak.com

문학동네